青星学園★チームEYE-Sの事件ノート

～ロミオと青い星のひみつ～

相川 真・作
立樹まや・絵

集英社みらい文庫

もくじ

contents

KIYO
KUROTO
LEO

character

おもな登場人物《とうじょうじんぶつ》

翔太《しょうた》（赤月翔太《あかつきしょうた》）

中学《ちゅうがく》1年生《ねんせい》。才能《さいのう》のある子《こ》ばかりが集《あつ》められたS《エス》クラスの一員《いちいん》。サッカー部《ぶ》のスポーツ特待生《とくたいせい》。

ゆず（春内《はるうち》ゆず）

中学《ちゅうがく》1年生《ねんせい》。目立《めだ》たず、平和《へいわ》な中学生活《ちゅうがくせいかつ》を送《おく》るのが目標《もくひょう》。『トクベツな力《ちから》』を持《も》っている？

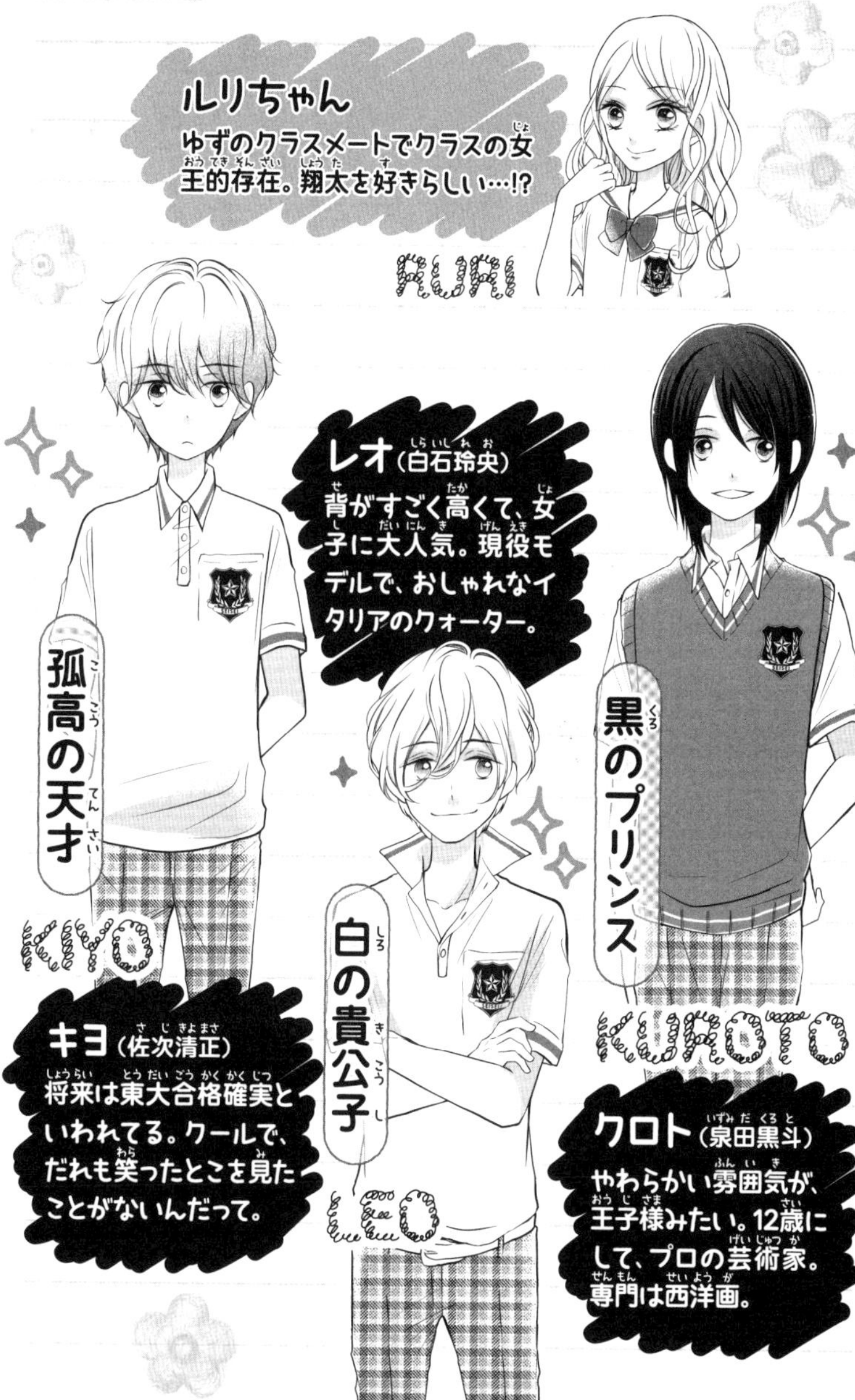
ルリちゃん
ゆずのクラスメートでクラスの女《じょ》王《おう》的《てき》存《そん》在《ざい》。翔《しょう》太《た》を好《す》きらしい…!?
RURI
孤《こ》高《こう》の天《てん》才《さい》
KIYO
レオ（白石玲央《しらいしれお》）
背《せ》がすごく高《たか》くて、女《じょ》子《し》に大人気《だいにんき》。現役《げんえき》モデルで、おしゃれなイタリアのクォーター。
白《しろ》の貴《き》公《こう》子《し》
LEO
黒《くろ》のプリンス
KUROTO
キヨ（佐次清正《さじきよまさ》）
将来《しょうらい》は東大合格確実《とうだいごうかくかくじつ》といわれてる。クールで、だれも笑《わら》ったところを見《み》たことがないんだって。
クロト（泉田黒斗《いずみだくろと》）
やわらかい雰囲気《ふんいき》が、王子様《おうじさま》みたい。12歳《さい》にして、プロの芸術家《げいじゅつか》。専門《せんもん》は西洋画《せいようが》。

story

あらすじ

わたし、中学《ちゅうがく》1年生《ねんせい》の春内《はるうち》ゆず。
わたしの目標《もくひょう》は、とにかく目立《めだ》たず、
フツーの学校生活《がっこうせいかつ》を楽《たの》しむことなんだけど、
けっこうむずかしい…！

実《じつ》はわたしには、
ひみつがある。
『トクベツな力《ちから》』の
ことはだれにも
知《し》られたくないの。

だれも知《し》らない…あの4人以外《にんいがい》は。
翔太《しょうた》くんの笑顔《えがお》を見《み》ているだけで
ドキドキする…それもひみつ。

目立《めだ》ちたくないのに、
女《おんな》の子《こ》に大人気《だいにんき》の
キラキラの男《おとこ》の子《こ》4人《にん》と
「チームアイズ」を組《く》むことに。
女《おんな》の子《こ》たちに
目《め》の敵《かたき》にされるし、
わたしの平穏《へいおん》は
大《だい》ピンチ！
もうすぐ青星学園《せいせいがくえん》の
学園祭《がくえんさい》なのに、レオくんが
何者《なにもの》かにねらわれている!?
青《あお》い星《ほし》の呪《のろ》いに負《ま》けず、
レオくんを守《まも》るんだ！
心臓《しんぞう》がバクハツしそうだけどね!!
続《つづ》きは、小説《しょうせつ》を読《よ》んでね♪

1　カフェテリア事件《じけん》！

わたし、春内《はるうち》ゆず。今年《ことし》の春《はる》にこの、私立《しりつ》・青星学園《せいせいがくえん》に入学《にゅうがく》した。キラキラ光《ひか》るステンドグラスの講堂《こうどう》や、小《ちい》さな金色《きんいろ》の鐘《かね》のついた教会《きょうかい》がある、すごくステキな学校《がっこう》なんだ。

制服《せいふく》は六月《がつ》になって、夏服《なつふく》に変《か》わっている。うすい青《あお》のポロシャツ風《ふう》。女子《じょし》はセーラー服《ふく》みたいな、青《あお》いラインの入《はい》ったエリがついていてすごくかわいい。

――わたしには、この学校《がっこう》で大《おお》きな目標《もくひょう》がある。

平穏《へいおん》で平凡《へいぼん》に、目立《めだ》たず静《しず》かに、フツーの学校生活《がっこうせいかつ》を楽《たの》しむこと。

でもこれって、けっこうむずかしいことなんだって……最近《さいきん》すごーく、思《おも》い知《し》ったんだ。

その日《ひ》の昼休《ひるやす》み、わたしは入学《にゅうがく》して初《はじ》めて、学食《がくしょく》に来《き》ていた。いつもはお弁当《べんとう》なんだけど、今日《きょう》はお母《かあ》さんが寝坊《ねぼう》しちゃったんだ。

「――はい、お待《ま》たせしましたー！　日替《ひが》わりA《エー》定食《ていしょく》です」

学食《がくしょく》のお姉《ねえ》さんが、カウンターで、ランチトレーをわたしてくれた。

あげたてのエビフライの、香《こう》ばしいにおい。その上《うえ》には、たっぷりのタルタルソース。

（うー、おいしそう、おなか減《へ》ったー……！）

目《め》の前《まえ》には、ガラス張《ば》りのカフェテリアが広《ひろ》がっている。太陽《たいよう》の光《ひかり》がたっぷり差《さ》しこんでいて、吹《ふ》きぬけになった二階席《かいせき》もあるんだ。

わたしは、あいている席《せき》に座《すわ》った。五人《にん》がけの席《せき》にひとりだけだけど、まあいいかな。

「いただきまー――」

「ねえ」

ぱちん、と手《て》を合《あ》わせようとした瞬間《しゅんかん》。

後《うし》ろからかわいい声《こえ》がして、わたしはがちっとかたまった。

「……ルリちゃん」

ふりかえると、トレーを持《も》った女《おんな》の子《こ》が立《た》っていた。

この子は朝木瑠璃《あさきるり》ちゃん。同《おな》じクラスの女《おんな》の子《こ》。

くるっと巻《ま》いた髪《かみ》、ぱっちりした目《め》、リップをぬったくちびる。どこを取《と》ってもものすごくかわいい。クラスの女子《じょし》たちのリーダーなの。

「春内《はるうち》さん。そこかわってくれない？　あたしたち、五人《にん》なんだ」

ルリちゃんの後《うし》ろには……やっぱり！　いつもいっしょの、取《と》りまきの女《おんな》の子《こ》たち。

「ごめんねー、春内《はるうち》さん。助《たす》かっちゃったよ」

ルリちゃんは、もうさっさとテーブルにトレーを置《お》いていた。

それを見《み》て、後《うし》ろの女《おんな》の子《こ》たちがクスクス笑《わら》ってる。こそこそ声《ごえ》も聞《き》こえるんだ。

「ひとりでランチは、ちょっとナイよねえ」

「さみしー」

……すごく、いたたまれない気分《きぶん》。

「……あの、ごめん。席《せき》かわるね」

わたしはぱっと席《せき》を立《た》った。まわりを見《み》まわす。同《おな》じクラスの子《こ》も何人《なんにん》かいるけど……

だれも目《め》を合《あ》わせてくれない。

SEISE

わたしと話《はな》してるところを、ルリちゃんに見《み》られると、明日《あした》からその子《こ》がハブられるかも、だしね……。

——クラスのぜったいのルール。ルリちゃんに目《め》をつけられないこと。

……あーあ、こんなはずじゃなかったのになあ。

ホントはもっと平穏《へいおん》で平凡《へいぼん》に、目立《めだ》たず大人《おとな》しく。友《とも》だちもいっぱいできるはずだった。

でも今《いま》は、クラスに「友《とも》だち」って言《い》える子《こ》、いないかも……。

もー！　どうしてこうなった——っ！

わたしがトレーを持《も》って、立《た》ちつくしていたときだ。

「——あれ、ゆずじゃん」

その声《こえ》は、真上《まうえ》から降《ふ》ってきた。

って、真上《まうえ》……？

見上《みあ》げると二階《かい》の吹《ふ》きぬけから、だれかが手《て》をふっている。

「おーい、こっちこっち」

そこには、こっちを見《み》おろす……男《おとこ》の子《こ》。真《ま》っ赤《か》なサッカーのユニフォームを着《き》ている。

(……まさかっ)

やばいっ！　と、わたしは顔《かお》をひきつらせた。

その子《こ》が、ひょいと後《うし》ろをふりかえった。

「なあ、見《み》ろよ、ゆずが来《き》てる」

そうしたら、その横《よこ》からさらに三《みっ》つ、顔《かお》がのぞいた。全員男《ぜんいんおとこ》の子《こ》だ。

(増《ふ》えたー!!)

キラキラ光《ひか》り輝《かがや》くような、とんでもなくカッコいい四人組《にんぐみ》――！

カフェテリア中《じゅう》がざわめいた。

「ウソっ、S《エス》クラスじゃん。しかもあの四人《にん》だ！」

「来《き》てたんだ……！　やっぱりカッコいいよね！」

「だれに手《て》、ふってるんだろう」

(き、気《き》づいていないふり……しよう)

わたしがそろっと視線《しせん》をはずした瞬間《しゅんかん》。サッカーユニの子《こ》の声《こえ》が、つきささった。

「聞《き》こえてんだろ、ゆず。こっち見《み》ろ」

(うっ……バレてる!)

泣《な》きそうになりながら見《み》上《あ》げると、吹《ふ》きぬけのサクのむこうから、四人《にん》が、こっちに手《て》をふっていた。

特別《スペシャル》クラス──通称《つうしょう》S《エス》クラスの四人《にん》だ。

S《エス》クラスっていうのは、今年《ことし》からできた新《あたら》しいクラスのこと。なにかひとつのことに秀《ひい》でた人《ひと》たちが、集《あつ》められている。たとえば現役芸能人《げんえきげいのうじん》とか、スポーツの特待生《とくたいせい》とか。

こっちを見《み》おろしてるあの四人《にん》も、実《じつ》は……とんでもない人《ひと》たちなんだ。

「めずらしいな、ゆずがカフェテリアなんて。いつも弁当派《べんとうは》だったのに」

そう言《い》って見《み》おろしてきたのは、佐治清正《さじきよまさ》くん。クールで知的《ちてき》な雰囲気《ふんいき》で、【孤高《ここう》の天《てん》才《さい》】って呼《よ》ばれてる。

キヨくんは、ものすごく勉強《べんきょう》ができる天才《てんさい》。高校生《こうこうせい》と同《おな》じ塾《じゅく》に通《かよ》っていて、将来《しょうらい》は東大《とうだい》合格確実《ごうかくかくじつ》らしいんだ。

すごく冷静《れいせい》で、だれも笑《わら》ったところを見《み》たことがないんだって。

そのキヨくんの横《よこ》で、ほおづえをついている背《せ》の高《たか》い男《おとこ》の子《こ》。

【白《しろ》の貴公子《きこうし》】白石玲央《しらいしれお》くん。

「カフェテリアに来《く》るなら、先《さき》に言《い》えよ。そしたら昼休《ひるやす》み中《じゅう》、ずっといっしょにいられたのに」

くちびるのはしっこだけを持《も》ちあげて笑《わら》った。それだけで雑誌《ざっし》の表紙《ひょうし》を飾《かざ》れちゃうぐらい、すごく絵《え》になる。

レオくんは本物《ほんもの》の芸能人《げいのうじん》。現役《げんえき》モデルなんだよ。

制服《せいふく》をちょっと着崩《きくず》したり、広《ひろ》げたシャツのエリもとから、ちらっとアクセサリーが見《み》えたり。それがまたカッコいい。

……そのせいで、女《おんな》の子《こ》のファンがすごいんだけど。

たぶん、学校《がっこう》イチ、モテる男《おとこ》の子《こ》だ……。

SEISEI
SEISEI

そのレオくんの横《よこ》から、王子様《おうじさま》みたいな雰囲気《ふんいき》の子《こ》が、手《て》をふってくれていた。笑顔《えがお》が甘《あま》くてやわらかいんだ。

【黒《くろ》のプリンス】泉田黒斗《いずみだくろと》くん。

クロトくんは芸術家《げいじゅつか》。専門《せんもん》は西洋画《せいようが》なんだって。小学生《しょうがくせい》のときに個展《こてん》も開《ひら》いている、正《しょう》真正銘《しんしょうめい》、プロの画家《がか》なんだ。

「ほら、ゆずちゃん、早《はや》くおいでよ」

プリンススマイルっていうのかな。ふわっと笑《わら》って手招《てまね》いてくれるけど……。

そのぶん、女《おんな》の子《こ》たちの視線《しせん》が、グサグサわたしにささってる。

視線《しせん》って、ホントに痛《いた》いんだ……。

(だめだ、無理《むり》だ、やっぱり逃《に》げる！)

今度《こんど》こそ、背《せ》をむけて逃《に》げようとしたわたしを——その声《こえ》が、ひきとめた。

「——おい、なんで逃《に》げんだよ！」

階段《かいだん》を二段《だん》飛《と》ばしでかけおりてきた、男《おとこ》の子《こ》。最初《さいしょ》にわたしを呼《よ》びとめた子《こ》だ。

名前《なまえ》は赤月翔太《あかつきしょうた》くん。

翔太《しょうた》くんは天才《てんさい》サッカー少年《しょうねん》。将来《しょうらい》はサッカー日本代表入《にほんだいひょうい》り確実《かくじつ》って言《い》われてるんだ。

将来有望《しょうらいゆうぼう》なサッカー少年《しょうねん》として、この間雑誌《あいだざっし》にものったんだよ。

通称《つうしょう》は【赤《あか》い弾丸《だんがん》】。

ものすごく足《あし》が速《はや》くて、サッカー部《ぶ》の赤《あか》いユニフォームを着《き》て走《はし》ると、まるで弾丸《だんがん》みたいに見《み》えるからなんだって。

とんでもない運動神経《うんどうしんけい》と、熱《あつ》い心《こころ》を持《も》ったすごくカッコいい男《おとこ》の子《こ》なんだ!


わたし、翔太《しょうた》くんを見《み》てると、ちょっとおかしくなる。

顔《かお》を見《み》たり声《こえ》を聞《き》くだけで、心臓《しんぞう》がドキドキするんだ。

なんだか、すごく落《お》ちつかない気分《きぶん》。

ずっと見《み》ていたいような、でも逃《に》げたいような。

これって、翔太《しょうた》くんだけなんだよね……。

平凡《へいぼん》で平穏《へいおん》を望《のぞ》んでいたわたしは、今年《ことし》の五月《がつ》、このとんでもなく目立《めだ》つ四人《にん》と関《かか》わることになった。とある事件《じけん》に巻《ま》きこまれたのが、きっかけだったんだ。

最初《さいしょ》は、巻《ま》きこまれてすごく目立《めだ》つし、どうしよう！　って思《おも》ってた。

それで、事件《じけん》にもみくちゃにされてる間《あいだ》に、いつのまにかこの四人《にん》と『EYE《アイ》―S《ズ》』っていうチームになった。

学校《がっこう》や街《まち》の、ちょっとした事件《じけん》を解決《かいけつ》することになったんだ。

……実《じつ》はわたしには、ひとつひみつがある。

そのひみつを知《し》られたくなくて、できるだけ目立《めだ》たないようにしてた。

だけどそのことですごく迷《まよ》ったり、悩《なや》んでいたんだ。

でも……最後《さいご》にはわたしも自分《じぶん》で決《き》めた。

自分《じぶん》の意志《いし》で、この四人《にん》と「仲間《なかま》になる」って決《き》めたんだ！

……うん、たしかに決《き》めたよ。決《き》めたんだけどっ！

やっぱり、目立《めだ》ち方《かた》がハンパじゃないんだよね、この人《ひと》たち――！

なんて、ビクビクしてるのはわたしだけ。翔太《しょうた》くんはぜんぜん平気《へいき》な顔《かお》で、わたしの前《まえ》に立《た》ってうながした。

「ほら、さっさと上行《うえい》くぞ」

「いやいや、行《い》かない、行《い》かないよっ」

思《おも》いっきり首《くび》を横《よこ》にふったら、翔太《しょうた》くんが不機嫌《ふきげん》そうにまゆをひそめた。

「は？　なんで？」

なんでって、すごく注目《ちゅうもく》されてるんだってば！

……ってこの人《ひと》たち、いつもこうだから、いまさらなんだよねー……。

注目《ちゅうもく》されるのに慣《な》れてて、こんな視線《しせん》、ぜんっぜんなんとも思《おも》ってないんだよ。

でも、まわりの子《こ》がヒソヒソ話《はな》しているのが、わたしにはしっかり聞《き》こえてる。

「あのテラス席《せき》って、S《エス》クラスの専用席《せんようせき》だよね」

「なんであの子《こ》が呼《よ》ばれてるの？　S《エス》クラスでもないのに？」

（ああ、ほらやっぱりー……！）

なんとか、ここから逃《に》げだしたい。

そう考《かんが》えてると、翔太《しょうた》くんが、わたしの手《て》から定食《ていしょく》のトレーをひょいっと取《と》りあげた。

「おー、A《エー》定《てい》おいしそう。おれB《ビー》だからさ、ちょっとくれよ。おれのもやるから――それと」

翔太《しょうた》くんの顔《かお》が、ずいっと近《ちか》づく。

(ひえっ!)

反射的《はんしゃてき》にさがるわたし。さがったぶんだけ、なぜか近《ちか》づく翔太《しょうた》くん。

耳《みみ》もとで、ささやくような声《こえ》がした。

「放課後《ほうかご》、わたり廊下《ろうか》の下《した》な」

その瞬間《しゅんかん》。ビリっとすごくこわい視線《しせん》を感《かん》じた。おそるおそるふりかえる。

……ルリちゃんだ。なんだかものすごい目《め》で、こっちを見《み》ている。まわりにバチバチってイナズマが飛《と》んでる気《き》がする……。

ルリちゃんは、翔太《しょうた》くんが好《す》きなんだ。レンアイって意味《いみ》で。

わたしは、思《おも》いっきり後《うし》ろに逃《に》げた。

「わたし、用事《ようじ》思《おも》いだした! 教室《きょうしつ》もどんなきゃー!」

「は？　待《ま》てって！」

翔太《しょうた》くんの声《こえ》が後《うし》ろから追《お》いかけてくるけど、わたしはふりかえらなかった。

「つーかお前《まえ》、A定《エーてい》どうすんだよ！」

忘《わす》れてたっ！　わたしのお昼《ひる》ごはん――……。

でも今《いま》はエビフライより、今後《こんご》の学校生活《がっこうせいかつ》のほうが大事《だいじ》なの！

そして――
頭《あたま》がいっぱいだったわたしは、翔太《しょうた》くんの伝言《でんごん》を、すっかり忘《わす》れていたのだ。

2 青星祭《せいせいさい》、準備中《じゅんびちゅう》!

一年《ねん》二組《くみ》の教室《きょうしつ》は、『青星祭《せいせいさい》』の準備《じゅんび》で、大《おお》さわぎだった。

青星学園《せいせいがくえん》は今週《こんしゅう》、学園祭《がくえんさい》なんだ。期間《きかん》は三日間《みっかかん》。そして今日《きょう》の放課後《ほうかご》からは、三日後《みっかご》に迫《せま》った学園祭《がくえんさい》の準備期間《じゅんびきかん》なの。

うちのクラスは、体育館《たいいくかん》で劇《げき》『シンデレラ』を上演《じょうえん》することになっている。

みんなすごく忙《いそが》しそうだけど、楽《たの》しそうに走《はし》りまわっていた。

「おい、材料《ざいりょう》たんねえぞ! 買《か》いだしは? 先生《せんせい》どこだー」

「衣装《いしょう》できてる? 間《ま》にあいそう!?」

……そのなかで、わたしはひとり、針《はり》のむしろってやつを味《あじ》わっていた……。

教室《きょうしつ》のすみっこ、ひとりぼっちで紙吹雪《かみふぶき》をちぎる。

わたしは小道具係《こどうぐがかり》なんだけど……ほかの小道具《こどうぐ》の子《こ》は、ガラスのクツや衣装《いしょう》を……みんなで集《あつ》まって作《つく》っている。

なんとなくその輪《わ》に入《はい》れない理由《りゆう》は、これ……。

「――ホント、ありえないよねえ」

教室《きょうしつ》の真《ま》ん中《なか》で、トゲトゲしい声《こえ》がした。ルリちゃんの声《こえ》だ。ルリちゃんは主役《しゅやく》のシンデレラ。豪華《ごうか》なドレスを着《き》てる。ぱっちりした目《め》が、ちらっとこっちを見《み》た。

うう、こわっ……。

「……カフェテリアで、『S《エス》クラスと仲《なか》いいですー』みたいにしててさあ」

「ぜんぜん、つりあってないのにねー」

今日《きょう》のカフェテリア事件《じけん》が、ルリちゃんをおこらせたっぽいんだよねー……。

サイアクだ！　わたしは、ぎゅっとくちびるをむすんだ。

（……あんまり、気《き》にしないようにしよう）

ちぎった紙吹雪《かみふぶき》を、袋《ふくろ》に入《い》れて、小道具《こどうぐ》の子《こ》たちにかけ寄《よ》る。

「あの、できたよ！　ほかに手伝《てつだ》うことある？」

小道具《こどうぐ》の子《こ》たちは、いっしょに話《はな》したり、グループ学習《がくしゅう》をすることもある。だから、ちょっと仲《なか》いいかもって思《おも》ってたんだけど……。

みんな、わたしからすっと目《め》をそらすんだ。

「大丈夫《だいじょうぶ》。今日《きょう》はもう小道具《こどうぐ》終《お》わりだし。部活《ぶかつ》ある人《ひと》もいるから。帰《かえ》っていいよ」

すごくそっけない感《かん》じだ。ルリちゃんが見《み》てるからかなあ……。後《うし》ろで、ルリちゃんたちがまたクスクス笑《わら》ってるのが、聞《き》こえる。

そのときだ。

ガラっと教室《きょうしつ》のドアがあいた。赤《あか》いサッカーユニフォームが飛《と》びこんでくる。

「ゆずー、いるかー？」

教室中《きょうしつじゅう》がざわっとした。ルリちゃんが叫《さけ》んだ。

「翔太《しょうた》くん！」

「学園祭準備中《がくえんさいじゅんびちゅう》にごめんな。ゆず……えーっと、春内《はるうち》いる？」

「う、うん」

ルリちゃんが、ものすごーくいやそうにこっちを見《み》た。

でも、こっちだってそれに負《ま》けないぐらい、「うわっ」て顔《かお》をしてると思《おも》う。

（なんで教室《きょうしつ》に来《く》るのー！）

これ以上《いじょう》、目立《めだ》つのはマズい！　ただでさえ、カフェテリア事件《じけん》があるのに。

「いたいた。お前《まえ》、学園祭《がくえんさい》の準備中《じゅんびちゅう》？」

翔太《しょうた》くんが、まわりの視線《しせん》なんてものともせずに、ずいっと近寄《ちかよ》ってきた。わたしは目《め》をそらしながら、しどろもどろに答《こた》える。

「えー……と、小道具係《こどうぐがかり》。いちおう、もう終《お》わりなんだけど……」

「じゃあぬけてもいいんだな。行《い》くぞ」

「えっ！」

「今日集《きょうあつ》まるって言《い》っただろ」

――あー！　あの耳《みみ》もとで翔太《しょうた》くんがなにか言《い》ったときだ。それどころじゃなくて、ぜんぜん覚《おぼ》えてなかった……。

翔太《しょうた》くんは一番近《いちばんちか》くにいたルリちゃんに、笑《わら》いかけた。

「悪《わる》い、春内借《はるうちか》りるな。大丈夫《だいじょうぶ》か？」

ルリちゃんは、顔《かお》を真《ま》っ赤《か》にしてた。とろけるみたいな笑顔《えがお》で答《こた》える。

「うん、小道具《こどうぐ》は今日《きょう》は終《お》わりだから、大丈夫《だいじょうぶ》だよ」

「そっか、ありがとな。なあ、お前《まえ》、ゆずの友《とも》だち？」

（うわっ、なんて質問《しつもん》するの⁉）

だけど、アワアワしてるのは、わたしだけだった。

なんと……ルリちゃんは最高《さいこう》の笑顔《えがお》で、あっさりうなずいちゃったのだ。

「そうだよ、春内《はるうち》さんの友《とも》だち。すっごく仲《なか》よしなんだ。ねっ？　春内《はるうち》さん！」

（ええ――‼）

翔太《しょうた》くんはそうか、とうなずいた。

「じゃあ友《とも》だち借《か》りてくな、ありがと」

ルリちゃんが、見《み》たことないぐらいの笑顔《えがお》で、わたしに手《て》をふった。

「じゃあね、春内《はるうち》さん、また明日《あした》ね！」

「え、あ、その……」

「なにやってんだゆず、行《い》くぞ」

翔太《しょうた》くんはわたしの机《つくえ》から、ひょいっとカバンを取《と》りあげた。そのまますたすたと、歩《ある》

星祭
まで
あと
4

いていっちゃう。

(また、カバンが人質《ひとじち》に!?)

「翔太《しょうた》くん! カバンかえしてー!」

わたしの叫《さけ》び声《ごえ》なんて、ぜんぜん聞《き》いてくれない。

わたしはあわてて翔太《しょうた》くんを追《お》いかけながら、なんだか心《こころ》がもやもやしていた。

(友《とも》だち……かぁ)

ルリちゃんの笑顔《えがお》が、なんだかすごくひっかかっていたのだ。

3　青《あお》い星《ほし》の誓《ちか》い

わたり廊下《ろうか》の下《した》では、クロトくん、キヨくん、レオくんの三人《にん》が待《ま》っていた。

こっちに気《き》づいてすぐに、レオくんがぱっと手《て》をあげてくれた。

「遅《おそ》いぞ、ゆず。準備忙《じゅんびいそが》しかった？」

翔太《しょうた》くんが横《よこ》から割《わ》りこんだ。

「ちげーよ。コイツが忘《わす》れてただけ。おれがちゃんと伝言《でんごん》したのに！」

「ごめん……」

ううう、でもあんなふうにされたら、覚《おぼ》えてられないよー！

クロトくんがやわらかく笑《わら》った。

「大丈夫《だいじょうぶ》だよ。こっちも練習進《れんしゅうすす》んだし」

練習《れんしゅう》って、学園祭《がくえんさい》の、だよね。

「S《エス》クラスって、学園祭《がくえんさい》、なにをするの？」

わたしがそう言《い》うと、四人《にん》がそろって不思議《ふしぎ》そうな顔《かお》をした。レオくんが、あきれたように肩《かた》をすくめる。

「相変《あいか》わらず、おれたちS《エス》クラスに興味《きょうみ》ないよなあ、ゆずは」

うっ……興味《きょうみ》ないんじゃなくて、目立《めだ》ちたくないだけなの！　S《エス》クラスに関《かか》わる話題《わだい》って、それだけでものすごく目立《めだ》つんだ。

まあまあ、とクロトくんがやさしく教《おし》えてくれた。

「演劇《えんげき》『ロミオとジュリエット』だよ。学園祭《がくえんさい》の最終日《さいしゅうび》の最後《さいご》に、講堂《こうどう》でやるんだ」

「講堂《こうどう》って、あの大講堂《だいこうどう》!?」

大講堂《だいこうどう》といえば、ステンドグラスがキラキラ光《ひか》る、この学校《がっこう》で一番《いちばん》きれいな建物《たてもの》。大《おお》きな行事《ぎょうじ》でしか使《つか》わない、本当《ほんとう》に特別《とくべつ》な場所《ばしょ》なのに。

（しかも最終日《さいしゅうび》の最後《さいご》って、特別枠《とくべつわく》だし……さすがS《エス》クラス）

キヨくんが持《も》っていた台本《だいほん》を、ぱたん、と閉《と》じた。

「主役《しゅやく》はレオだ。ロミオ役《やく》」

レオくんがにやりと笑《わら》った。そして、翔太《しょうた》くんを親指《おやゆび》でくいっとさす。

「おれのライバルが、こいつ。敵役《かたきやく》のティボルトだよ」

「翔太《しょうた》くんもでるの？」

「おう。演技《えんぎ》じゃレオがプロだけど、剣《けん》を使《つか》ったりケンカしたり、体《からだ》を動《うご》かすシーンも多《おお》いんだ。こっちならおれのほうが得意《とくい》だもんな」

レオくんが腕《うで》を組《く》んで、ふん、と鼻《はな》をならした。

「まあ、最後《さいご》にはおれが勝《か》つんだけど？」

「殺陣《たて》で観客《かんきゃく》の視線《しせん》をかっさらうのは、おれだね。おれが一番《いちばん》カッコいい」

ふたりがバチっとにらみあう。わたしは、困惑《こんわく》した。

「……ロミオとジュリエットって、そんなにサツバツとした話《はなし》だったっけ？」

クロトくんがため息《いき》をつきながら、説明《せつめい》してくれた。

「純愛《じゅんあい》ものだよ。ロミオとジュリエットは、すごくおたがい愛《あい》しあってるんだけど、ふたりの家《いえ》は敵同士《てきどうし》なんだ。家《いえ》にひきさかれるふたりは、一度《いちど》むすばれるんだけど、最後《さいご》はふたりとも死《し》んでしまうっていう、悲劇《ひげき》だよ」

……そうだよね、すごく切《せつ》なくて泣《な》ける話《はなし》だったような気《き》がしてたんだ。

キヨくんが肩《かた》をすくめた。

「純愛《じゅんあい》ものなんだから、殺陣《たて》で勝負《しょうぶ》しても意味《いみ》ないだろ。っていうか勝負《しょうぶ》じゃない」

ちなみに、クロトくんはレオくんの親友《しんゆう》・マキューシオ役《やく》と、美術係《びじゅつがかり》。キヨくんは神父《しんぷ》役《やく》と、脚本《きゃくほん》・演出《えんしゅつ》なんだって。

そしてレオくんは、主役《しゅやく》のほかに衣装係《いしょうがかり》もやるらしい。

全員《ぜんいん》が、得意分野《とくいぶんや》で力《ちから》を発揮《はっき》するんだ。

――……これ、すごい演劇《えんげき》になるんじゃ……？

わたしが感動《かんどう》していると、キヨくんがみんなをぐるっと見《み》まわした。

「じゃあ、本題《ほんだい》に入《はい》ろう。今回《こんかい》はレオが持《も》ってきた話《はなし》だよな」

こういうとき、ちゃんと仕切《しき》ってくれるのはキヨくんの役目《やくめ》。

だけど、レオくんはなんだか迷《まよ》っているみたいだった。

「……ああ。大《たい》したことじゃないとは思《おも》うんだけど、学園祭《がくえんさい》とも無関係《むかんけい》じゃなくて――」

レオくんが、そこまで言《い》ったときだった。

わたしのとなりにいた翔太《しょうた》くんが、とつぜん叫《さけ》んだ。

「レオ！」

同時《どうじ》に、地面《じめん》を蹴《け》った！

ひゅっ！

風《かぜ》が吹《ふ》いて、翔太《しょうた》くんが消《き》えたみたいに見《み》える。

神《かみ》がかった速《はや》さで、翔太《しょうた》くんはレオくんをつき飛《と》ばした！

「うわっ！」

バシャッ！

(なにっ!?　なにが起《お》こったの!?)

気《き》がつくと、水浸《みずびた》しの翔太《しょうた》くんが地面《じめん》に転《ころ》がってる！　あわててかけ寄《よ》った。

「翔太《しょうた》くん！」

「大丈夫《だいじょうぶ》か、翔太《しょうた》！」

つき飛《と》ばされたレオくんも、翔太《しょうた》くんのそばにひざをついた。

翔太《しょうた》くんはむくっと起《お》きあがった。

「——……おー、平気《へいき》。レオは？」

「おれは大丈夫《だいじょうぶ》。ありがとうな」

クロトくんがポケットからハンカチをだして、翔太《しょうた》くんにわたした。

「水浸《みずびた》しだね、翔太《しょうた》」

「ああ、まあいいよ。制服《せいふく》じゃねえし。ユニで助《たす》かった——よっと」

「わあっ！」

わたしは思《おも》わず悲鳴《ひめい》をあげた。

翔太《しょうた》くんが、おもむろにユニフォームをがばっと脱《ぬ》いだから！　腹筋《ふっきん》とかちゃんと筋肉《きんにく》がついた、ひきしまった体《からだ》が目《め》に飛《と》びこんでくる。

レオくんが苦笑《くしょう》した。

「女子《じょし》がいるんだぞ、翔太《しょうた》。気《き》をつかえよ」

(ホントにねっ!!)

だけど翔太《しょうた》くんは、ハイハイってぜんぜん聞《き》く耳《みみ》を持《も》たない。

「目《め》の保養《ほよう》ってやつだろ。水《みず》もしたたるいい男《おとこ》って言《い》うし」

ぎゅうっ、とユニフォームから水《みず》をしぼってる。

わたわたしてるわたしを放《ほう》ってキヨくんが、スッと上《うえ》を指《ゆび》さした。

「あそこから水《みず》が降《ふ》ってきたんだよな」

あそこって、わたり廊下《ろうか》ってこと？

翔太《しょうた》くんが湿《しめ》ったままのユニフォームにそでを通《とお》して、うなずいた。

「おれも見《み》た。……レオの上《うえ》だ」

それを聞《き》いてクロトくんがレオくんのほうをむいた。

「レオの言《い》ってた、気《き》になることっていうのと関係《かんけい》ある？」

レオくんはしばらく迷《まよ》っていたみたいだけど、やがてゆっくりとうなずいた。

「最近《さいきん》、こういうことが続《つづ》いてるんだ。この間《あいだ》は、頭《あたま》の上《うえ》からサッカーボールが何個《なんこ》も降《ふ》ってきた。通《とお》りかかった廊下《ろうか》のガラスが割《わ》れる、なんてのもあったな」

翔太《しょうた》くんが声《こえ》をあげた。

「なんで言《い》わなかったんだよ！」

「偶然《ぐうぜん》だと思《おも》ってたんだよ。ちょっと運《うん》が悪《わる》かったな、ぐらい」

「ンなわけあるか！」

熱《あつ》くなった翔太《しょうた》くんを、キヨくんが横《よこ》から制《せい》した。

「待《ま》て、翔太《しょうた》。おれたちに相談《そうだん》ってことは、偶然《ぐうぜん》じゃないと確信《かくしん》したからなんだろ、レオ」

レオくんはうなずいた。

「先週《せんしゅう》帰《かえ》り道《みち》に、バイクにひかれそうになってさ」

「はあ!?」

今度《こんど》こそ全員《ぜんいん》が声《こえ》をあげた。わたしも叫《さけ》んでいた。

「けがは!?」

「ああ、大丈夫《だいじょうぶ》だよ。ありがとな、ゆず」

……よかった……。

(でも、こんなのぜったい偶然《ぐうぜん》じゃない……！)

レオくんがためらいながら言《い》った。

「本当《ほんとう》は、お前《まえ》たちを巻《ま》きこむことになりそうで、相談《そうだん》するのも迷《まよ》ったんだけどさ」

「なんでだよ」

翔太《しょうた》くんがちょっと不機嫌《ふきげん》そうに、レオくんをにらみつけた。

「むしろ、次《つぎ》はもっと早《はや》く言《い》えよ。黙《だま》ってるのはなしだからな」

翔太《しょうた》くんのぶっきらぼうな口調《くちょう》からは、レオくんを本当《ほんとう》に心配《しんぱい》してるんだっていうのが、伝《つた》わった。

レオくんにもきっと伝《つた》わっているはず。少《すこ》しほっとしたように笑《わら》ったから。

「ああ、そうする。このままだと、ほかの生徒《せいと》も巻《ま》きこみそうだから、放《ほう》っておけないと思《おも》ってたし」

クロトくんが、レオくんに聞《き》いた。

「それで、ねらわれるような心《こころ》あたりはある？」

「いちおうあるんだけど、それもちょっと微妙《びみょう》なんだよな」

レオくんは、そこで言葉《ことば》をにごした。カバンのなかから小《ちい》さななにかを取《と》りだす。それは、うすくて青《あお》い布《ぬの》につつまれていた。

なかには、大《おお》きな星形《ほしがた》のブローチが入《はい》っていた。

「すごくきれい……」

大《おお》きさはわたしの手《て》のひらより、ちょっと小《ちい》さいぐらい。真《ま》ん中《なか》には、キラキラ光《ひか》る大《おお》きな石《いし》がひとつ。そのまわりを、五《いつ》つの小《ちい》さな石《いし》がかこんでいた。色《いろ》は、すごくきれいな青色《あおいろ》。

レオくんは、それをみんなに見《み》せた。

「学園祭《がくえんさい》の劇《げき》で、おれ衣装係《いしょうがかり》もやるだろ。一《いち》から作《つく》るには時間《じかん》がないから、演劇部《えんげきぶ》の衣装《いしょう》を借《か》りて、アレンジする予定《よてい》だったんだ。それで衣装倉庫《いしょうそうこ》をさがしてたんだけど、そのとき、これを見《み》つけた」

翔太《しょうた》くんが、青《あお》い星《ほし》をまじまじと見《み》つめる。

「そういえば、すごいものを見《み》つけた、って言《い》ってたな」

「それがこれだよ。『青《あお》い星《ほし》のブローチ』。これ、すごいんだぜ」

レオくんがぱっと顔《かお》をあげて笑《わら》った。いつもの大人《おとな》びた笑顔《えがお》じゃなくて、本当《ほんとう》にうれしそうな、ちょっと無邪気《むじゃき》な顔《かお》だった。

「ファッションデザイナーの『コウセイ・ホシノ』っているだろ？」

わたしは大《おお》きくうなずいた。世界《せかい》で活躍《かつやく》してる、ファッションデザイナーだ。背《せ》のすごく高《たか》い男《おとこ》の人《ひと》で、お父《とう》さんと同《おな》い年《どし》ぐらいのダンディなおじさんなんだ。

キヨくんもうなずいた。

「たしか、モデルもやってるんだよな？」

「ああ。そのコウセイ・ホシノが十年前《ねんまえ》、うちの学校《がっこう》に講師《こうし》として招《まね》かれてたんだってさ。そのときに演劇部《えんげきぶ》の舞台《ぶたい》を観《み》て感動《かんどう》して、自分《じぶん》のデザインしたブローチをくれたんだって。それが、これ」

（うわあ、じゃあこれ、世界的《せかいてき》デザイナーのブローチなんだ……）

クロトくんがレオくんに笑《わら》いかけた。

「レオはコウセイ・ホシノのファンだもんね」

「だってあの人《ひと》、モデルでデザイナーで、両方《りょうほう》とも世界《せかい》レベルのプロなんだ。おれのあこがれ」

レオくんがうれしそうだった理由《りゆう》は、これだったんだ。

「それで、演劇部《えんげきぶ》に頼《たの》みこんでこの星《ほし》を借《か》りてきたんだ。これでおれも衣装《いしょう》を作《つく》りたいって、思《おも》ってたんだけど……」

レオくんは、打《う》って変《か》わって真剣《しんけん》な顔《かお》で、わたしたちを見《み》まわした。

「ここ最近《さいきん》の妙《みょう》なことは、ぜんぶこの星《ほし》を借《か》りてから起《お》こりはじめたって気《き》がする」

みんなは顔《かお》を見《み》あわせた。キヨくんが、なるほど、と腕《うで》を組《く》む。

「この星《ほし》が原因《げんいん》かもしれない、ってことか」

クロトくんが、すっと声《こえ》を低《ひく》くした。

「……よくあるよね。持《も》ち主《ぬし》にとり憑《つ》く──呪《のろ》われたアクセサリー、とか」

全身《ぜんしん》がぞぞっとした。まさかこれ、『呪《のろ》いの星《ほし》』とかじゃないよね……。

もしそうなら、レオくんの身《み》のまわりに起《お》きてること、ぜんぶ呪《のろ》いのせいかもしれない。

……わたし、心霊番組《しんれいばんぐみ》とかこわい話《はなし》とか、お化《ば》け屋敷《やしき》とかぜんぜんだめなんだ。

「で、でも、レオくんが呪《のろ》われてるなら、なんとかしなくちゃっ……」

お化《ば》けとか呪《のろ》いはこわいけど、レオくんが困《こま》ってるなら、助《たす》けてあげたいもん。

「まずはお祓《はら》い!?　塩《しお》とかも効《き》くんだっけ……！」

ど、どど、どうしよう、どうしたらいいの！

「ははっ、落《お》ちつけゆず」

レオくんが、笑《わら》いをこらえるように、わたしを見《み》てる。そのとなりで、翔太《しょうた》くんも肩《かた》をふるわせていた。

「ふはっ、ゆず、お前《まえ》ビビリすぎ……っ」

クロトくんも、ふふっと笑《わら》っている。

「ごめん、冗談《じょうだん》だよ」

「……えっ？」

キヨくんが、あきれたようにため息《いき》をついた。

「そんな非科学的《ひかがくてき》なこと、あるわけないだろ。クロトも、ゆずをからかうのをやめてやれ」

「ごめんごめん、そんなにびっくりするとは思《おも》わなくて」

クロトくんがプリンススマイルで謝《あやま》ってくれる。わたしはムスっとした。

（……ホントにこわかったんだから！）

レオくんが気《き》を取《と》りなおして言《い》った。

「呪《のろ》いってのは冗談《じょうだん》にしても、一連《いちれん》の事故《じこ》が始《はじ》まったのは、この星《ほし》を演劇部《えんげきぶ》から借《か》りてからなんだ。もしかすると、なにか関係《かんけい》があるのかもしれない」

翔太《しょうた》くんが、真剣《しんけん》な顔《かお》で言《い》った。

「だけどそうなると、だれかが、青《あお》い星《ほし》が理由《りゆう》で、レオをねらってるってことになるな」

キヨくんが上《うえ》を指《ゆび》さした。

「とにかく、わたり廊下《ろうか》を見《み》に行《い》こう。上《うえ》から水《みず》が降《ふ》ってきたなら手《て》がかりがあるはずだ」

わたり廊下《ろうか》は、三階《かい》の教室棟《きょうしつとう》と実習棟《じっしゅうとう》の間《あいだ》をつないでいる。ここはぜんぶで三本《ぼん》あるわたり廊下《ろうか》のうち、一番《いちばん》はしっこなんだ。体育館《たいいくかん》がふさぐように横《よこ》にあるから、あんまり人《ひと》がいない。

そのわたり廊下《ろうか》につくなり、翔太《しょうた》くんが言《い》った。

「バケツだ、消火《しょうか》バケツ！」

赤《あか》い消火《しょうか》バケツが転《ころ》がっている。そばにはちょっと水《みず》がこぼれていた。

まちがいない、あのバケツの水《みず》が、レオくんに降《ふ》りかかったんだ！

キヨくんが、そばにしゃがんだ。

「縁《ふち》にクツの跡《あと》があるな。だれかが足《あし》をひっかけて、水《みず》をこぼしたのか？」

クロトくんがううん、と首《くび》をひねった。

「じゃあ、今回《こんかい》はたまたまレオに水《みず》がかかった、ってことかな」

「いや……ゆず」

キヨくんがわたしのほうをむいた。

「実習棟《じっしゅうとう》の三階《かい》に委員会室《いいんかいしつ》がある。美化委員会《びかいいんかい》は今日《きょう》の朝《あさ》、集《あつ》まりがあったはずだよな」

わたし美化委員《びかいいん》なんだけど、たしかに週《しゅう》に一回《かい》、朝集《あさあつ》まることになってる。

「うん。このわたり廊下《ろうか》も通《とお》った」

……キヨくんがなにを言《い》いたいのか。わたしはもうわかっていた。

「じゃあ、頼《たの》めるか？」

みんなの視線《しせん》がわたしにむいてる。

——わたしの出番《でばん》だ。

わたしには、ひとつひみつがある。

それは、このトクベツな力《ちから》のこと……。

少《すこ》し前《まえ》までだれにも言《い》えなかったんだ。この力《ちから》のせいで、小学校《しょうがっこう》のときにすごくつらいめにあったから。

……仲間《なかま》はずれにされて、「ウソツキ」って言《い》われて。

中学校《ちゅうがっこう》は、小学校《しょうがっこう》の人《ひと》がだれもいないところにしたくて、お母《かあ》さんに無理《むり》を言《い》って、この学校《がっこう》に来《き》た。

だから、中学校《ちゅうがっこう》ではぜったい、なにがあっても知《し》られたくないって思《おも》ってた。

だけど……EYE-S《アイズ》のみんなは、この力《ちから》をみとめてくれた……。

わたしだって、みんなのためになにかできる。

みんなの期待《きたい》に、こたえたいんだ！

軽《かる》く息《いき》をすって、目《め》を閉《と》じる。記憶《きおく》の海《うみ》に深《ふか》く……沈《しず》むように！

キュイイイイン!!

この力《ちから》を使《つか》うとき、わたしはいつも、背中《せなか》から水《みず》にダイブするイメージなんだ。

まわりに、『記憶《きおく》』が吹《ふ》きあがっていく。

わたしはこの力《ちから》を、『カメラアイ』って呼《よ》んでいる。

一度《いちど》見《み》たものを、ぜったいに忘《わす》れない――トクベツな力《ちから》。

まるで、写真《しゃしん》を撮《と》るみたいにね。


今朝《けさ》の記憶《きおく》。わたり廊下《ろうか》を歩《ある》いた瞬間《しゅんかん》の――記憶《きおく》……

つかんだ！


わたしは、ぱっと目《め》をあけた。

「今日《きょう》の朝《あさ》、このバケツはこんなところになかったよ。だれかがここまで持《も》ってきたんだと思《おも》う。朝《あさ》わたしが、ここを通《とお》ったのが八時《じ》十五分《ふん》だから、それよりあとにね」

キヨくんが聞《き》いてくる。

「どこのバケツかわかるか？」

「三階《かい》の階段《かいだん》の横《よこ》にあったバケツ。前《まえ》に見《み》たときと、取《と》っ手《て》のところの傷《きず》とシミが同《おな》じだし、『消火《しょうか》バケツ』の字《じ》のうすれ方《かた》も同《おな》じだよ。まちがいないよ」

レオくんが、目《め》をまるくしてこっちを見《み》てる。

「……相変《あいか》わらずすごいな」

みんながうなずいてくれた。すごくドキドキして、誇《ほこ》らしい気持《きも》ちだった。


このチームを作《つく》ったとき。

翔太《しょうた》くんは、チーム『EYE《アイ》S《ズ》』の『EYE《アイ》』は、カメラアイの「EYE《アイ》」だって、言《い》ってくれた。

わたしも、みんなの仲間《なかま》なんだって言《い》ってくれたんだ。

本当《ほんとう》は、この力《ちから》を使《つか》うのは、まだちょっと……つらいときもある。

またウソツキって言《い》われたら？　キモチワルイって、思《おも》われたら？

そう思《おも》ったら、すごくこわいんだ。

だけど、EYE《アイ》S《ズ》のみんながこの力《ちから》をみとめてくれるから。

わたしも頑張《がんば》れるんだと思《おも》う。


キヨくんが、冷静《れいせい》に言《い》った。

「これで、『たまたま置《お》いてあったバケツに足《あし》をひっかけた』説《せつ》はなくなったな」

クロトくんがうなずく。

「バケツをここまで運《はこ》んできて、レオがいるのを見《み》て足《あし》で蹴《け》って逃《に》げた……ってことだね。ここしばらく、ずっとここで練習《れんしゅう》してたから、レオがいるのはわかってたはず……まちがいなく、レオをねらったんだ」

「今《いま》のところ、青《あお》い星《ほし》に関係《かんけい》あるのかも、ちょっとわからないな」

キヨくんが、そう言《い》ってちらりと時計《とけい》を見《み》た。

「――そろそろおれたちも、学園祭準備《がくえんさいじゅんび》にもどらないとな……続《つづ》きはまたにしよう」

翔太《しょうた》くんが、ぐっとこぶしを握《にぎ》りしめた。

「ぜったいにレオをねらってるヤツを、見《み》つけよう。なにが理由《りゆう》か知《し》らねえけど、許《ゆる》さねえよ」

すごくおこってる。仲間《なかま》に水《みず》をかけられたんだもん。理由《りゆう》もわからないまま。

翔太《しょうた》くんはいつだってまっすぐ。こういうひきょうなことがすっごく嫌《きら》いなんだと思《おも》う。

翔太《しょうた》くんが、おもむろにしゅっと手《て》の甲《こう》をつきだした。

「よし、みんな手《て》を貸《か》せ！」

（え、どういうこと？）

わたしがおろおろしていると、翔太《しょうた》くんがぐいっとわたしの手《て》をつかんだ。翔太《しょうた》くんの手《て》の上《うえ》に、重《かさ》なるように置《お》かれる。

その上《うえ》に、キヨくんと、クロトくん。

翔太《しょうた》くんがレオくんに言《い》った。

「レオ、お前《まえ》は青《あお》い星《ほし》だ」

「ああ」

レオくんは、青《あお》い星《ほし》を握《にぎ》りしめて、同《おな》じように手《て》を差《さ》しだした。

「いいか、この青《あお》い星《ほし》に誓《ちか》う！　おれたちはぜったい犯人《はんにん》を捕《つか》まえる。それで、おれたちの学園祭《がくえんさい》を成功《せいこう》させる。――そのために、一生懸命《いっしょうけんめい》やるんだ！」

胸《むね》がかあっと熱《あつ》くなる。

「おうっ！」

全員《ぜんいん》の声《こえ》がそろった。みんなで顔《かお》を見《み》あわせて笑《わら》いあう。

チームの心《こころ》がひとつになった気《き》がして、すごくうれしかった。

……その熱《あつ》い気持《きも》ちとは裏腹《うらはら》に、クラスのことを考《かんが》えると、ずん、と気持《きも》ちが重《おも》くなる。

学園祭準備《がくえんさいじゅんび》……またひとりなんだろうなあ……。

あー……すごくゆううつ。

4　とつぜんの友《とも》だち

次《つぎ》の日《ひ》、教室《きょうしつ》で学園祭準備《がくえんさいじゅんび》が始《はじ》まると、いつもとなんだか様子《ようす》がちがった。

「ゆず！　この衣装見《いしょうみ》てよ！」

ルリちゃんがそう言《い》って、とつぜんかけ寄《よ》ってきたんだ。

（え、ええっ!?）

「レースのリボンつけてもらったの！　かわいくない？」

「……か、かわいいよ」

「やった、ありがと！」

……ルリちゃん、ホントどうしちゃったの……？

そのあとも、ルリちゃんはわたしのことを、名前《なまえ》で呼《よ》んでくれた。

それから小道具《こどうぐ》の作《つく》り方《かた》で相談《そうだん》したり、昨日《きのう》のテレビのことで笑《わら》いあったりもした。

まるで……友《とも》だちみたいに。

わたしは、そりゃあもう大混乱《だいこんらん》だった。

(なんでいきなり!?)

でも、ルリちゃんがやさしいと、まわりのみんなもわたしにやさしかった。

「ね、春内《はるうち》さん、シンデレラのガラスのクツを、演劇部《えんげきぶ》に借《か》りてくるから、春内《はるうち》さんはドレスのリボン作《つく》っておいてもらっていい？」

「うん、わかった」

「じゃあこっちで、いっしょにやろ！」

教室《きょうしつ》のはしで、クラスの子《こ》とリボンを作《つく》ったり、衣装《いしょう》に縫《ぬ》いつけたりする。

そのうちルリちゃんたちも、手伝《てつだ》いに来《き》てくれた。

「最後《さいご》に降《ふ》らせる紙吹雪《かみふぶき》、いっしょに作《つく》ろう。ね、ゆず」

ルリちゃんがにっこりと笑《わら》いかけてくる。

わたしは、こわばった笑顔《えがお》でなんとか笑《わら》いかえした。

……正直《しょうじき》、わけわかんなくて……ちょっとこわい。

だって不気味《ぶきみ》だもん。とつぜん、すごく仲《なか》のいい友《とも》だちみたいになるなんて。

そしたらルリちゃんは、肩《かた》をすくめた。

「あー……やっぱりおこってる？　ちょっとハブったりしたこと。ゆずが翔太《しょうた》くんと仲《なか》よしなの、くやしくてさ——ごめんね」

そう言《い》われたら、「おこってる！」なんて……言《い》えないよね。

「あ、うん……いいよ」

って、言《い》うしかない。

「よかった！」

ルリちゃんが笑《わら》って、まわりの子《こ》たちもいっせいに笑《わら》った。これ、ルリちゃんと仲《なか》なおりした、ってことでいいのかな……。

……うーん、正直《しょうじき》ほっとしてるのかも。

だって、こんなふうに楽《たの》しく学園祭《がくえんさい》の準備《じゅんび》ができるなんて、思《おも》ってもみなかった。ルリちゃんがやさしいだけで、ほかのみんなも話《はな》しかけてくれる。

下校時間《げこうじかん》いっぱいまでみんなで頑張《がんば》って、小道具《こどうぐ》ができあがったときには歓声《かんせい》をあげた。

いつも、息《いき》をひそめてたクラスとはぜんぜんちがう。

これが友《とも》だちがいて、楽《たの》しいってことなんだ。

(やっぱり平穏《へいおん》って、ステキだ！　友《とも》だちって、いいなあ……)

わたし、けっこう単純《たんじゅん》みたい。帰《かえ》るころには、不気味《ぶきみ》な気持《きも》ちは、ほとんどどこかに行《い》っていた。

帰《かえ》る準備《じゅんび》をしていたとき、ルリちゃんが雑誌《ざっし》を見《み》せてくれた。

「あ、そういえばこれ知《し》ってる？」

なになに、とみんなが集《あつ》まってくる。

ルリちゃんが広《ひろ》げたのは、うちの地域《ちいき》のフリーペーパーだ。表紙《ひょうし》には見覚《みおぼ》えのある四人《にん》。

「S《エス》クラスだ……」

タイトルは『青星学園《せいせいがくえん》、S《エス》クラスの豪華共演《ごうかきょうえん》「ロミジュリ！」』

写真《しゃしん》がいっぱいのっている。一番大《いちばんおお》きいのは、衣装《いしょう》を着《き》たS《エス》クラスが、舞台《ぶたい》に立《た》ってる写真《しゃしん》かな。

真《ま》ん中《なか》に、ロミオのレオくん。あの『青《あお》い星《ほし》』を胸《むね》につけている。衣装《いしょう》はきっと、アレンジ前《まえ》の演劇部《えんげきぶ》のもの。

みんな写真《しゃしん》を見《み》て、うっとりしてる。

「やっぱりレオくんカッコいいよねえ……足長《あしなが》い」

「立《た》ち方《かた》とかも、プロだもんね」

そう、ロミオの衣装《いしょう》を着《き》たレオくんって、ホントに【白《しろ》の貴公子《きこうし》】って感《かん》じ。そこだけスポットライトがあたったみたいに、ぱあっと輝《かがや》いて見《み》える。

だれかが、横《よこ》にうつっている女《おんな》の子《こ》を指《ゆび》さした。

レオくんと見《み》つめあってる、目《め》がぱっちりしててすごくかわいい女《おんな》の子《こ》だ。

「これ、ジュリエット役《やく》でしょ？　S《エス》クラスの『花丘《はなおか》うらら』さん」

「レオくんと同《おな》じ芸能人《げいのうじん》なんだよね。アイドルグループの子《こ》でしょ？」

ルリちゃんが何度《なんど》もうなずいた。

「けっこう過激《かげき》なファンが多《おお》いよ。うちの男《おとこ》のセンパイとかにも多《おお》いんだって」

みんなが、へえー、とあいづちを打《う》った。

モデルに、アイドルの劇《げき》か。あらためてS《エス》クラスってとんでもないなあ……。

記事《きじ》には、『モデルのレオくんと、人気《にんき》アイドルの花丘《はなおか》さんが、夢《ゆめ》の競演《きょうえん》！』と書《か》いてあった。あ、青《あお》い星《ほし》のことも書《か》いてある。『ファッションに詳《くわ》しいレオくんが、青《あお》い星《ほし》をどんなふうにいかすのか、楽《たの》しみだ』だって。

ルリちゃんがちょっとはしゃいだ声《こえ》をあげた。

「雑誌《ざっし》の取材《しゅざい》とかも来《く》るんだって」

みんな、きゃあっと盛《も》りあがる。

「じゃあ、あたしたちものったりして！」

「楽《たの》しみー！」

わいわいしながら、校門《こうもん》まで歩《ある》く。ルリちゃんがピタッと立《た》ちどまった。

「あ、そうだゆず！　学園祭《がくえんさい》の初日《しょにち》の午後《ごご》に、サッカー部《ぶ》の練習試合《れんしゅうじあい》あるの知《し》ってるよね」

「うん。翔太《しょうた》くんがでるんだよね」

……それだけは知《し》ってるんだ。チェックしてたから。

サッカーしてる翔太《しょうた》くん、実《じつ》は見《み》たことがないんだよね。

練習試合《れんしゅうじあい》にはいつも女子《じょし》のファンがすごくて、こわくて近《ちか》づけないから。

「応援《おうえん》行《い》こうよ！　あたしたち午前《ごぜん》で出番《でばん》終《お》わりだし。友《とも》だちみんなで、応援《おうえん》しに行《い》こう」

友《とも》だちみんなで！

ジーン、とその言葉《ことば》が胸《むね》にしみる。

「行《い》きたい！」

「……約束《やくそく》ね。あたしたち、友《とも》だちだもんね」

「え、う、うん」

今《いま》、ルリちゃんがちょっと笑《わら》ったんだけど……なんだろ、少《すこ》しこわい感《かん》じがした。

ぱっと顔《かお》をあげると、そこにはいつもの笑顔《えがお》のルリちゃん。

気《き》のせい、かなあ……。

「じゃあまた明日《あした》ね、ゆず」

ルリちゃんが手《て》をふって帰《かえ》っていく。わたしもふりかえした。

ううん……気《き》になることは色々《いろいろ》あるんだけど。

でも、今日《きょう》すっごく楽《たの》しかった。みんなでの学園祭準備《がくえんさいじゅんび》！

明日《あした》も、楽《たの》しく準備《じゅんび》できればいいなあ……。

5　二度目《どめ》の襲撃《しゅうげき》！

次《つぎ》の日《ひ》は、とうとう、学園祭《がくえんさい》の前日《ぜんじつ》！

気合《きあ》いを入《い》れて、新《あたら》しく買《か》ったヘアピンを、髪《かみ》にさしてきたんだ。小《ちい》さい花《はな》が三《みっ》つならんだヘアピンだよ。お母《かあ》さんが「ゆずっぽいでしょ」って、買《か》ってきてくれたんだ。

今日《きょう》もクラスの友《とも》だちみんなで、学園祭準備《がくえんさいじゅんび》！　だもんねっ！

……っと、その前《まえ》に。わたしは、きゅっと気《き》をひきしめた。

午後《ごご》すぐに、EYE―S《アイズ》のみんなと会《あ》うんだった。

今日《きょう》は家庭科室《かていかしつ》に集合《しゅうごう》ってことになってる。レオくんが、衣装《いしょう》アレンジのために使《つか》ってるからなんだって。

家庭科室《かていかしつ》は実習棟《じっしゅうとう》の一階《かい》。部屋《へや》のなかは大《おお》きな机《つくえ》が八《やっ》つならんでいる。

その一番《いちばん》はしっこで、四人《にん》が待《ま》っていた。そばにはみんなのカバンや、自販機《じはんき》で買《か》ったジュースがまとめて置《お》いてある。

レオくんが、こっちを見《み》た。その横《よこ》には、たくさんの衣装《いしょう》がハンガーにかかっている。

「お、来《き》たな」

わっ、レオくん、前髪《まえがみ》をあげておでこだしてる！　作業《さぎょう》してるからなのかな。

いつもオシャレで大人《おとな》びてるレオくん。でも今《いま》は、髪型《かみがた》のせいでちょっと子《こ》どもっぽい感《かん》じがする。

わたしもカバンを置《お》いてかけ寄《よ》った。

キヨくんが、飲《の》んでいたコーヒーの缶《かん》を机《つくえ》に置《お》いた。

「レオの『青《あお》い星《ほし》』の件《けん》の続《つづ》きだな」

（そうだった……）

レオくんが『青《あお》い星《ほし》』を持《も》ってることと、ねらわれてること、関係《かんけい》あるのかなあ。

翔太《しょうた》くんがずいっと身《み》を乗《の》りだした。

「レオ、お前《まえ》どっかで変《へん》な恨《うら》み買《か》ったんじゃねえの？　仕事関係《しごとかんけい》じゃなくて、学校《がっこう》で」

ああ、そっか、学校《がっこう》でねらわれてるんだもんね。

翔太《しょうた》くんが、にやりと笑《わら》った。

「どっかで女子《じょし》を泣《な》かせたとかさ。なにかかんちがいされること、したんじゃねえ？　お前《まえ》、手《て》あたりしだいに口説《くど》くし。女子《じょし》はおこるとこわいぜ」

レオくんがきょとんと首《くび》をかしげた。

「なに言《い》ってんだ？　あんなの、口説《くど》いてるって言《い》わないよ？」

「はあ？」

わたしたちの声《こえ》が、全員分重《ぜんいんぶんかさ》なった。

キヨくんが、わたしの肩《かた》を後《うし》ろからつかんで、ずいっとレオくんの前《まえ》に差《さ》しだした。

（うわわっ、なに⁉）

ふりかえると……うわ、キヨくん、ものすごーくあきれた顔《かお》をしてる。

「レオ。今日《きょう》のゆず、どう思《おも》う？」

「ゆず？　いつもかわいいけど、今日《きょう》は新《あたら》しいヘアピンにしたんだな。小《ち》さな花模様《はなもよう》がゆずのかわいさをひきたてて、すごくいいと思《おも》う。おれより先《さき》にだれかに見《み》られたのが、もったいないって思《おも》うぐらいにね」

——シーン……。

みんな、沈黙《ちんもく》。

翔太《しょうた》くんが、代表《だいひょう》して盛大《せいだい》にため息《いき》をついた。

「……そういうのを、口説《くど》いてるっつーの。ゆずの顔見《かおみ》てみろ。真《ま》っ赤《か》で爆発寸前《ばくはつすんぜん》だろ」

わたしはというと……口《くち》をパクパクさせるのが、せいいっぱい！

（うー……か、顔《かお》がものすごく熱《あつ》い……っ）

レオくんは、いつだって女《おんな》の子《こ》にすごくやさしい。

言葉《ことば》の選《えら》び方《かた》っていうのかな。それが、ひとつひとつ甘《あま》いんだよね。それに、モデルっていうぐらいだから、とんでもなく顔《かお》が整《ととの》ってる。

それでこんなこと言《い》われたら、女《おんな》の子《こ》ならだれだってドキドキするってば！

クロトくんが肩《かた》をすくめた。

「お国柄《くにがら》がでてるねえ」

レオくんのおじいさんは、イタリア人《じん》なんだ。つまりレオくんはクォーターってこと。

陽気《ようき》で明《あか》るくて、女《おんな》の子《こ》を口説《くど》くのがとても上手《じょうず》な国《くに》なんだって。

「そう？　おれからすると、口説《くど》くって、こんなもんじゃないんだけどな」

それって、本気《ほんき》になったらもっとすごい……ってことだよね。

(ちょっと見《み》てみたいような……でもそれもこわいような)

翔太《しょうた》くんが、ちょっとだけ笑《わら》った。

「めったにその気《き》になんねえくせに」

「え、そうなの？」

わたしは思《おも》わずふりかえっていた。

「本気《ほんき》になったら、意外《いがい》とサラっと言《い》えないんだよ、こいつ。本当《ほんとう》に思《おも》ってることは、けっこうかくすタイプなんだ」

「たしかに、そういうところあるよねえ」

とクロトくんが同意《どうい》した。キヨくんも後《うし》ろでうなずいてる。

この四人《にん》は幼馴染《おさななじ》みなんだ。だから小《ちい》さいころからおたがいのことを、すごくよく知《し》ってる。

レオくんがまゆをひそめて、そっぽをむいた。

「やめろよ」

口《くち》もとに手《て》をあてて、小《ちい》さくつぶやいた。耳《みみ》のはしっこが、ちょっと赤《あか》い気《き》がする。

これって、照《て》れてる？

女《おんな》の子《こ》を真《ま》っ赤《か》にするのが、大得意《だいとくい》のレオくんなのに……！

（うわあ、レオくんの照《て》れた顔《かお》って、レアだー……）

わたしがまじまじとながめていると、レオくんがムスっと言《い》った。

「……あんまり見《み》んなって」

ちょっとぶっきらぼうに言《い》ったあと、レオくんが腕時計《うでどけい》をちらりと見《み》た。

「悪《わる》い、おれ少《すこ》しぬける。先生《せんせい》に頼《たの》まれてることがあるんだ」

レオくんは、一枚《まい》のメモを見《み》せてくれた。家庭科《かていか》の先生《せんせい》からで、「荷物持《にもつも》ちを手伝《てつだ》ってほしいので、実習棟倉庫《じっしゅうとうそうこ》に来《き》てほしい」って内容《ないよう》だった。

翔太《しょうた》くんが、イスから立《た》ちあがった。

「おれたちも行《い》く。あんまりひとりになるなよ」

「おおげさだって」

レオくんはそう言《い》うけど、みんなでついていくことにした。やっぱり心配《しんぱい》だもん。

倉庫《そうこ》は、実習棟《じっしゅうとう》の裏《うら》にある。家庭科《かていか》とか、理科《りか》で使《つか》うものをしまってある倉庫《そうこ》なの。実《じっ》習棟《しゅうとう》と講堂《こうどう》にはさまれた場所《ばしょ》にあって、いつもシーンとしてるんだ。

レオくんたちが、キョロキョロと先生《せんせい》をさがしてる間《あいだ》。

わたしは、講堂《こうどう》を見上《みあ》げていた。窓《まど》のステンドグラスが、キラキラと光《ひかり》を反射《はんしゃ》してる。

(きれいだなあ……。あそこでS《エス》クラスが劇《げき》をするんだよね)

これってホントにすごいことなんだよ。演劇部《えんげきぶ》でも三年生《ねんせい》でも、あそこで劇《げき》なんてできないもん。

クロトくんが、ステンドグラスをさした。

「あそこから入《はい》る光《ひかり》も、劇《げき》に取《と》りいれるんだ。演出《えんしゅつ》のキヨとも相談《そうだん》して、うまく光《ひかり》が重《かさ》なるように背景《はいけい》を描《か》いてるんだよ。次《つぎ》の個展《こてん》でも、同《おな》じ手法《しゅほう》を使《つか》ってみようと思《おも》って」

クロトくんは夏休《なつやす》みに、また次《つぎ》の個展《こてん》をやるんだって。

「せっかくレオと翔太《しょうた》が活躍《かつやく》するんだから、手《て》はぬけない。頑張《がんば》らないとね」

そう言《い》って笑《わら》うクロトくんは、やっぱりプロの顔《かお》だった。

S《エス》クラスのメンバーは、みんないつだって一生懸命《いっしょうけんめい》だ。学校《がっこう》の学園祭《がくえんさい》だって、プロの仕《し》事《ごと》と同《おな》じように、ぜったいに手《て》をぬかない。

だから、カッコいいんだろうな。

わたしがそう思《おも》いながらステンドグラスを見上《みあ》げていたときだ。

チカっとガラスが光《ひか》った。

（ん？　なんだろう）

横《よこ》から翔太《しょうた》くんが叫《さけ》んだ！

「レオ、上《うえ》！　ゆずを！」

（へっ？）

上《うえ》を見上《みあ》げる。なにかが降《ふ》ってくる!?

「わああっ！」

思《おも》わず腕《うで》で顔《かお》をかばった。

「ゆず！」

上《うえ》から、レオくんが覆《おお》いかぶさってくる。
足《あし》をすべらせて地面《じめん》に転《ころ》がった。
がんっ、ガコンッ！
何度《なんど》かすごい音《おと》がして……。
……お、終《お》わった？
わたしは、おそるおそる顔《かお》をあげた。
「――ふわっ！」
目《め》の前《まえ》には、びっくりするぐらいきれいな顔《かお》。色《いろ》の浅《あさ》い髪《かみ》に、不思議《ふしぎ》な色《いろ》の瞳《ひとみ》。
その後《うし》ろに、青空《あおぞら》が見《み》える。
そして、顔《かお》の横《よこ》に、レオくんの腕《うで》が……。
――……ってことは、まさかっ！
押《お》したおされてる⁉　レオくんに⁉
（わあああっ！）
レオくんが、わたしの上《うえ》からゆっくりどいていく。

青《あお》に近《ちか》い瞳《ひとみ》が、わたしをとらえた。

「ゆず、大丈夫《だいじょうぶ》か？」

「だ、だ……大丈夫《だいじょうぶ》！　ありがとう」

跳《は》ねあがった心臓《しんぞう》を、ムリヤリ押《お》さえつける。

（い、今《いま》ドキドキしてる場合《ばあい》じゃない！）

「おいレオ、ゆずは大丈夫《だいじょうぶ》か？」

翔太《しょうた》くんが体《からだ》を起《お》こした。翔太《しょうた》くんはとっさに、キヨくんとクロトくんを地面《じめん》にひきたおして、かばったみたい。

「ああ」

翔太《しょうた》くんがほっと顔《かお》をほころばせる。

「お前《まえ》なら、ぜったいゆずを守《まも》れると思《おも》ったんだ」

翔太《しょうた》くんと、レオくんが目配《めくば》せで笑《わら》いあっていた。

わたしに近《ちか》かったレオくんが、わたしを。キヨくんとクロトくんに近《ちか》かった翔太《しょうた》くんが、ふたりをかばってくれたんだ。

「ありがと、翔太《しょうた》。——それにしても……」

キヨくんにならうように、全員《ぜんいん》で上《うえ》を見《み》る。

わたしたちの上《うえ》に降《ふ》ってきたのは、ゴミの山《やま》だった。

すごい音《おと》がしたのは、ゴミ箱《ばこ》に入《はい》っていた木切《きぎ》れとか、廃材《はいざい》みたい。いつもならこんなゴミはでないんだけど、今《いま》は学園祭準備中《がくえんさいじゅんびちゅう》。一歩《いっぽ》まちがえば大《おお》けがするところだよ！

クロトくんが、目《め》を細《ほそ》めた。

「三階《かい》の窓《まど》があいてるね。あそこから落《お》としたのかな」

これは、呪《のろ》いなんかじゃない。ぜったいレオくんへの嫌《いや》がらせだ……。

翔太《しょうた》くんが言《い》った。

「……三階《かい》の窓《まど》からだな、おれが行《い》ってくる。走《はし》れば追《お》いつくかもしれねえし」

すごく低《ひく》い声《こえ》だ。おこってる……。

ふみきって走《はし》りだそうとした翔太《しょうた》くんを、キヨくんが止《と》めた。

「待《ま》て、今《いま》から行《い》っても間《ま》にあわない」

「だけどっ！」

わたしは、翔太《しょうた》くんの腕《うで》をつかんだ。

「待《ま》って！　わたし、犯人見《はんにんみ》たかも……」

全員《ぜんいん》の視線《しせん》が、わたしに集《あつ》まった。

あの瞬間《しゅんかん》、気《き》になることがあったんだ。


わたしはゆっくりと目《め》を閉《と》じた。

カメラアイの出番《でばん》だ。

意識《いしき》を集中《しゅうちゅう》する。


キュイイイイン!!


水《みず》のなかに背中《せなか》から落《お》ちるイメージ。

吹《ふ》きあがる記憶《きおく》のなかを、さがす。

思《おも》いだしたいのは、あのときステンドグラスにうつった光《ひかり》――。

……つかんだ！

わたしは、ぱちり、と目《め》をあけた。

「むかいの講堂《こうどう》のステンドグラスに、犯人《はんにん》がうつってた……」

翔太《しょうた》くんが叫《さけ》んだ。

「本当《ほんとう》か!?」

「うん。わたし、ぜんぶ覚《おぼ》えてるんだ！」

これだけは、自信《じしん》があるんだ。

「あの瞬間《しゅんかん》は、なにか光《ひか》ったなってぐらいだったんだ。だけど、意識《いしき》してなくても目《め》に入《はい》ったものなら、ちゃんと覚《おぼ》えてるよ」

目《め》を閉《と》じて、あのときの記憶《きおく》をひとつひとつ追《お》いかけていく。

「……ステンドグラスに、ゴミ箱《ばこ》を逆《さか》さまにしてる腕《うで》が、うつってる。半袖《はんそで》のシャツと腕《うで》時計《どけい》……この時計《とけい》が反射《はんしゃ》して光《ひか》ったんだ。二《に》の腕《うで》まで見《み》えてる、筋肉《きんにく》がけっこうしっかりついてるから、運動部《うんどうぶ》かも。腕《うで》に青《あお》あざがあると思《おも》う」

わたしは目《め》をあけた。

「顔《かお》はうつってないけど、でも同《おな》じ腕《うで》か、時計《とけい》を見《み》たらぜったいわかる！」

翔太《しょうた》くんが、よしっと言《い》った。わたしの腕《うで》を、がしっとつかむ。

「よくやったゆず、行《い》くぞ！　追《お》いかける！」

「う、うん！」

翔太《しょうた》くんにひっぱられて走《はし》りだそうとしたとき。

「待《ま》て、ふたりとも。あせるな」

キヨくんの冷静《れいせい》な声《こえ》が、わたしたちを止《と》めた。

でも、翔太《しょうた》くんがふりかえって叫《さけ》ぶ。

「うるせえ、待《ま》てるか！　今《いま》すぐ行《い》く！」

「――待《ま》てって、言《い》ってる」

ヒヤっ……。

い、今《いま》のすごくつめたい氷《こおり》みたいな声《こえ》、キヨくん、だよね？

わたしと翔太《しょうた》くんは、ピタッと動《うご》きを止《と》めた。

「考《かんが》えなしに動《うご》くな。学校中《がっこうじゅう》の男子生徒《だんしせいと》の腕《うで》を見《み》るつもりか？　ある程度範囲《ていどはんい》はしぼって動《うご》くべきだ。翔太《しょうた》、お前《まえ》はいつも、むやみにつっ走《ぱし》りすぎだ」

「……わ、悪《わる》い」

うわ、翔太《しょうた》くんがおこられてる。

「ゆずも」

「は、はいっ！」

わたしたちふたりは、背筋《せすじ》も両腕《りょううで》もピシッと伸《の》ばした。

キヨくんは、無表情《むひょうじょう》のまま足《あし》もとを見《み》おろした。

「これだけゴミが散《ち》らばってる。なにか、犯人《はんにん》につながるものが見《み》つかるかもしれない。こんなに証拠《しょうこ》をのこしていくなんて、相手《あいて》もバカだな」

やっぱり、声《こえ》が氷《こおり》みたいだよーっ！

翔太《しょうた》くんが、こそっと教《おし》えてくれた。

「……あいつ、昔《むかし》からマジでおこると、めちゃくちゃこええの……。おれらのだれもかなわねえし。今回《こんかい》レオがねらわれたこと、キヨも相当《そうとう》おこってんな」

……これは、今《いま》、ぜったいに逆《さか》らっちゃだめなやつだ。

わたしたちは、キヨくんの指示《しじ》で、散《ち》らばっていたゴミを一《いっ》か所《しょ》に集《あつ》めた。みんなで、手《て》わけして確認《かくにん》する。

こういうのは、キヨくんの得意分野《とくいぶんや》なんだ。

「この紙《かみ》の切《き》れはし、小《しょう》テストだな。数学《すうがく》で、進《すす》み具合《ぐあい》から見《み》てたぶん二年《ねん》。方程式《ほうていしき》の応《おう》用《よう》で、問題《もんだい》の難度《なんど》からすると、進学《しんがく》クラスだな」

さ、さすが……。こんな切《き》れはし一枚《まい》で、そこまでわかっちゃうんだ。

「二年生《ねんせい》の進学《しんがく》クラスだと、四組《くみ》と五組《くみ》、だったよね」

「だけど、これだけじゃクラスまでは特定《とくてい》できねえよな」

と、翔太《しょうた》くん。まだ三階《かい》の窓《まど》をくやしそうに見上《みあ》げていて、すきあらば走《はし》りだしそうだった。

その横《よこ》で、レオくんが別《べつ》の紙《かみ》をひっくりかえしていた。

「見《み》ろよ、これ」

やぶれたノート、かな。うすい青《あお》のラインが見《み》えるから、たぶんそう。

「前後《ぜんご》はきれてるけど、『……herefor……』っていう単語《たんご》が読《よ》める」

クロトくんが首《くび》をかしげた。

「英語《えいご》かな？」

レオくんがうなずいた。

「ああ、なにが書《か》いてあるかは、かなりしぼれると思《おも》う」

レオくんって、モデルの仕事《しごと》であちこち海外《かいがい》も行《い》ってるんだって。

それにおじいちゃんがイタリア人《じん》だから、イタリア語《ご》と英語《えいご》はペラペラなんだ。

「あてはまる単語《たんご》はたぶん、『wherefore』だ。普通《ふつう》はほとんど使《つか》わないんだ。英語《えいご》の『古《こ》語《ご》』ってやつで、昔《むかし》の芝居《しばい》のセリフに使《つか》われることが多《おお》い。例《たと》えば――」

レオくんが、きれいな発音《はつおん》ですらすらと言《い》った。

「――O Romeo, Romeo! wherefore art thou Romeo?」

ぽかんとしているわたしのほうを見《み》て、レオくんが笑《わら》う。

「『おお、ロミオ、ロミオ！　貴方《あなた》はどうしてロミオなの？』って言《い》えば、わかるだろ」

「『ロミオとジュリエット』！」

それならわかる！　すごく有名《ゆうめい》なセリフだよね。

クロトくんが横《よこ》から教《おし》えてくれた。

「『ロミオとジュリエット』は、四百年以上前《ひゃくねんいじょうまえ》の言葉《ことば》で書《か》かれているから、セリフも古《ふる》い英語《えいご》が使《つか》われてるんだよ」

ふんふん、なるほど。日本《にほん》で言《い》うと、時代劇《じだいげき》でよく使《つか》っている、「なんとかなんとか候《そうろう》」とか、「ほにゃららでござる」みたいなことかな。

レオくんが続《つづ》けた。

「おれたちS《エス》クラスが、学園祭《がくえんさい》で『ロミオとジュリエット』をやるだろ。それで、この機会《きかい》に英語《えいご》の授業《じゅぎょう》でも教《おし》えてるって先生《せんせい》がいる。リーディングのジョシュア先生《せんせい》だ」

キヨくんが顔《かお》をあげた。

「あとは、ジョシュア先生《せんせい》が二年《ねん》の、どのクラスを教《おし》えてるか調《しら》べればいい。進学《しんがく》クラスの二《ふた》クラスのうち、先生《せんせい》が教《おし》えてるクラスに、このゴミがあったということになる。そこに犯人《はんにん》がいる可能性《かのうせい》が高《たか》い。おれがあとで聞《き》いてくるよ」

よし、と翔太《しょうた》くんがうなずいた。

「これでクラスまでは特定《とくてい》できるよな。ほかに手《て》がかりはないか？」

クロトくんが、レオくんにむかって言《い》った。

「レオ、家庭科《かていか》の先生《せんせい》の手紙《てがみ》を見《み》せてくれる？」

「ん？　ああ」

レオくんから手紙《てがみ》を受《う》けとったクロトくんが、少《すこ》し考《かんが》えこんだ。

「これ、先生《せんせい》からの手紙《てがみ》じゃないね」

どういうこと？　だって、家庭科室《かていかしつ》にあった手紙《てがみ》だよね。

「家庭科《かていか》の三島先生《みしませんせい》は女《おんな》の先生《せんせい》で、身長《しんちょう》も低《ひく》いよね。でもこの手紙《てがみ》を書《か》いた人《ひと》は、筆圧《ひつあつ》も強《つよ》いし筆跡《ひっせき》の範囲《はんい》も広《ひろ》い。たぶん男《おとこ》で、かなり筋肉《きんにく》がある」

わたしは、思《おも》わず聞《き》いてしまった。

「クロトくん、筆跡鑑定《ひっせきかんてい》もできるの……？」

クロトくんは苦笑《くしょう》した。

「そんなおおげさなものじゃないよ。でも絵《え》を描《か》いてると、筆《ふで》の運《はこ》びや筆圧《ひつあつ》なんかで、描《か》いた人《ひと》がだいたいわかるから」

なるほど、すごいなあ……。

……って待《ま》って。この手紙《てがみ》がニセモノだってことは……。

「これで、レオくんをここに呼《よ》び寄《よ》せたってことだよね」

「かなり計画的《けいかくてき》だな。たぶん、レオに強《つよ》い恨《うら》みを持《も》ってる。犯人《はんにん》は男《おとこ》で運動部《うんどうぶ》で筋肉質《きんにくしつ》、二年生《ねんせい》の四組《くみ》か五組《くみ》の進学《しんがく》クラスの可能性《かのうせい》が高《たか》い」

キヨくんがまとめた。

翔太《しょうた》くんが気合《きあ》いを入《い》れるように、手《て》のひらにこぶしをばしっとたたきつけた。

「今日《きょう》乗《の》りこんでやりたいとこだけど……時間《じかん》、ねえよな」

学園祭準備《がくえんさいじゅんび》をぬけられる時間《じかん》の限界《げんかい》は、もうすぐそこまで迫《せま》ってる。みんな準備《じゅんび》と練習《れんしゅう》の合間《あいま》に、ぬけてきているんだ。クラスに迷惑《めいわく》はかけられない。

翔太《しょうた》くんが、ぐるっとわたしたちを見《み》まわした。

「明日《あした》……はゆずが本番《ほんばん》だし、おれも試合《しあい》だもんな、明後日《あさって》、犯人《はんにん》のクラスに乗《の》りこもうぜ」

明日《あした》から学園祭《がくえんさい》がはじまる。二年生《ねんせい》は全《ぜん》クラス、教室《きょうしつ》を使《つか》った模擬店《もぎてん》と決《き》まっている。

だったら、犯人《はんにん》はぜったいそこにいるはず。レオくんを傷《きず》つけるなんて、許《ゆる》せないもん。
ぜったいに、見《み》つけてやる――！

そしてわたしは、使命感《しめいかん》に燃《も》えて、すっかり忘《わす》れていた。
家《いえ》に帰《かえ》って思《おも》いだして、うわあああってなったんだ。
……S《エス》クラスの四人《にん》と、学園祭《がくえんさい》をまわるって⁉
これ、めちゃくちゃ目立《めだ》つんじゃない⁉

6 翔太《しょうた》くんの練習試合《れんしゅうじあい》！

わたしは、朝《あさ》からずっとそわそわしていた。朝《あさ》ごはんのときに、お母《かあ》さんが不思議《ふしぎ》そうに目《め》を見開《みひら》くぐらい。

「最近《さいきん》、学校楽《がっこうたの》しそうね。今日《きょう》から学園祭《がくえんさい》なんでしょ？」

お母《かあ》さんはわたしの朝《あさ》ごはんを作《つく》りながら、仕事《しごと》に行《い》く準備《じゅんび》もしてる。近《ちか》くの会社《かいしゃ》で、事務《じむ》の仕事《しごと》をしてるんだ。すごく忙《いそが》しいみたい。

「……行《い》けなくてごめんね」

お母《かあ》さん、ちょっと落《お》ちこんでる。わたしは、思《おも》いきり首《くび》を横《よこ》にふった。

「大丈夫《だいじょうぶ》だよ！」

お母《かあ》さんもお父《とう》さんも忙《いそが》しくて、学校行事《がっこうぎょうじ》にはあんまり来《こ》られない。さびしいけど……小学校《しょうがっこう》のときはちょっとほっとしてた。

小学生《しょうがくせい》のとき、わたしはずっと学校《がっこう》でいじめられてたんだ。

……カメラアイの力《ちから》のことで。

なんでも覚《おぼ》えてるなんて、ウソツキだ。そう言《い》われてた。

だから、お母《かあ》さんにそれがバレなくて、よかったたって思《おも》ってる。

わたしは、思《おも》いっきり笑《わら》った。

「クラスの友《とも》だちみんなで、準備《じゅんび》して楽《たの》しかったの！　今日《きょう》は本番《ほんばん》だから、頑張《がんば》るね！」

「そう、楽《たの》しそうでよかった」

おかあさんが、安心《あんしん》したように笑《わら》ってくれた。

いつか、観《み》に来《き》てくれるとうれしいなあ。

クラスの演劇《えんげき》『シンデレラ』は大盛況《だいせいきょう》だった。

なんといっても、ルリちゃんのシンデレラがものすごくかわいいんだよね。

わたしたち小道具《こどうぐ》チームは、舞台《ぶたい》のそでで感動《かんどう》していた。

「うわあ、ルリちゃんきれいだよねえ！」

「うん。あ、ガラスのクツもちゃんとキラキラ光《ひか》ってる！　よかったあ……！」

最後《さいご》に、紙吹雪《かみふぶき》が降《ふ》りそそぐ。わたしたちは手《て》を握《にぎ》りあって、歓声《かんせい》をあげた。

キャストも、裏方《うらかた》も、みんながひとつになったって感《かん》じ！

「おつかれさま、ルリちゃん！」

わたしは、笑顔《えがお》でルリちゃんに声《こえ》をかけた。ルリちゃんは、金色《きんいろ》のカツラと真《ま》っ白《しろ》なドレスで、まさにお姫様《ひめさま》って感《かん》じ。

「うん、ゆずもおつかれ。うまくいってよかったねー」

クラス全員《ぜんいん》で舞台《ぶたい》の片《かた》づけ。それがすむと、もうお昼《ひる》をすぎていた。

わたしたちは、急《いそ》いでサッカー部《ぶ》のグラウンドにむかった。

これから、翔太《しょうた》くんたちサッカー部《ぶ》の練習試合《れんしゅうじあい》なんだ。すっごく楽《たの》しみ！

サッカーグラウンドは、とにかくすごい人《ひと》だった。

グラウンドをかこむフェンスには、人《ひと》が鈴《すず》なりになっていた。ぜんぶ女《おんな》の子《こ》。アイドルの応援《おうえん》みたいに、タオルを掲《かか》げてきゃあきゃあ声《こえ》をあげている。

タオルの色《いろ》は、赤《あか》。いつのまにかイメージカラーになった、翔太《しょうた》くんの色《いろ》だ。

（やっぱり、学園祭《がくえんさい》ってこともあるし、他校生《たこうせい》が多《おお》いなあ）

雑誌《ざっし》にのってから、翔太《しょうた》くんのファンが、すごく増《ふ》えたんだよね。さっそうとあらわれたイケメンサッカーヒーローに、近所《きんじょ》の学校《がっこう》の女子《じょし》たちも夢中《むちゅう》なのだ。

（……人気《にんき》、あるんだなあ）

……んんっ？　ちょっと胸《むね》がちくっとする。

翔太《しょうた》くんが人気者《にんきもの》なのは、わかってたことなのに。

なんだか、ちょっと。ほんのちょっとだけ、くやしい、気《き》がする……。

わたしがううん、と首《くび》をかしげてると、前《まえ》を歩《ある》いていたルリちゃんが、小《ちい》さく舌打《したう》ちしたような気《き》がした。

「……出遅《でおく》れちゃったかも」

ルリちゃんともうひとりの子《こ》が、ぼそぼそとしゃべっている。

「やっぱ学外《がくがい》の子《こ》が増《ふ》えたね」

「翔太《しょうた》くんは青星《せいせい》の生徒《せいと》なのにね」

笑顔《えがお》がないし、ほかの学校《がっこう》の子《こ》をにらみつけてるような気《き》もした。

（ちょっとこわいかも……）

そう思《おも》っていると、ルリちゃんがフェンスのなかを指《ゆび》さした。

「翔太《しょうた》くんだ！」

グラウンドに、翔太《しょうた》くんたちサッカー部《ぶ》が入《はい》ってきた。

きゃぁあああああっ！

女《おんな》の子《こ》たちのすごい歓声《かんせい》のなか、わたしは翔太《しょうた》くんをじっと見《み》た。

翔太《しょうた》くんはいつもの赤《あか》いユニフォーム。チームメイトたちと、軽《かる》くグータッチをしてる。

あれ、すごくカッコいいよね。『仲間《なかま》』って感《かん》じで！

ルリちゃんが、横《よこ》で言《い》った。

「あー……翔太《しょうた》くん。ベンチに座《すわ》っちゃった」

ベンチに座《すわ》った翔太《しょうた》くん。シューズを確認《かくにん》したり、グラウンドをじっと見《み》つめている。

チームメイトたちは、だれも翔太《しょうた》くんのそばにいなかった。

なんでだろう？

クラスの子《こ》たちも、不思議《ふしぎ》に思《おも》ったみたい。

「翔太《しょうた》くんって、試合前《しあいまえ》って、あんまりこっち見《み》てくれないよねー」

「そうそう――あ、見《み》て！　レオくんたちも来《き》てる！」

クラスの子《こ》が指《さ》した先《さき》には、レオくん、クロトくん、キヨくんの三人《にん》がいた。

（……うわあ、すごく目立《めだ》ってる）

ほかの学校《がっこう》の子《こ》たちも、翔太《しょうた》くんかあの三人《にん》か、どっちを見《み》たらいいか迷《まよ》ってるぐらい。

できるだけ、あっちのほうを見《み》ないようにしよう……。

とんとん、と肩《かた》をたたかれて、顔《かお》をあげた。ルリちゃんだ。

「ね、翔太《しょうた》くんのところ、行《い》こうよ」

「え？　でも試合前《しあいまえ》は、部外者《ぶがいしゃ》は、グラウンドに入《はい》っちゃだめなんだよ」

たしか、サッカー部《ぶ》の人《ひと》がそう言《い》ってた。

でもルリちゃんはいつもの、すごくかわいい笑顔《えがお》で言《い》った。

「ちょっとぐらいなら大丈夫《だいじょうぶ》だよ。だって、ゆず、翔太《しょうた》くんと『友《とも》だち』なんでしょ？

応援《おうえん》に来《き》たって言《い》ったら平気《へいき》」

「でも……」

翔太《しょうた》くんと幼馴染《おさななじ》みの、レオくんたちだって、フェンスの外《そと》でじっと見《み》てるだけだよ。

ルリちゃんの目《め》が、ちょっと細《ほそ》くなる。

「大丈夫《だいじょうぶ》だって。あたしたちもいっしょに行《い》くから」

ルリちゃんたちに押《お》されるように、わたしはフェンスのなかに転《ころ》がりこんだ。そのあとから、ルリちゃんたちも入《はい》ってくる。

外《そと》で、他校《たこう》の女《おんな》の子《こ》たちが、ザワっとさわぎはじめた。

はっと気《き》がついたら、グラウンドのなかには、たくさんの青星女子《せいせいじょし》が入《はい》っていた。

(いつのまに……別《べつ》のクラスの子《こ》まで!?)

ルリちゃんが、腰《こし》に手《て》をあてて言《い》った。

「翔太《しょうた》くんのファン、他校生《たこうせい》の子《こ》も増《ふ》えてきたでしょ？　ここで、青星女子《せいせいじょし》が翔太《しょうた》くんに一番近《いちばんちか》いんだってこと、見《み》せとかなくちゃ」

他校生《たこうせい》たちは、くやしそうにこっちを見《み》てる。

ルリちゃんたちは、ちょっと自慢《じまん》げに、そっちを見《み》て笑《わら》っていた。

……ああ、なんとなくそういう気持《きも》ち、わかっちゃうかも……。

翔太《しょうた》くんは、わたしたちと同《おな》じ学校《がっこう》の仲間《なかま》なの。すごいでしょ！

って、ジマンしたいんだよね……。

ルリちゃんは、わたしに耳打《みみう》ちした。

「それと……ねえゆず」

ルリちゃんの目《め》は、じっと翔太《しょうた》くんのほうを見《み》てる。

「あたしのこと翔太《しょうた》くんに、紹介《しょうかい》してくれない？　だって、あたしとゆずは——『友《とも》だち』だもんね？」

紹介《しょうかい》って……だけど、今《いま》は試合前《しあいまえ》で、そんなことしてる場合《ばあい》じゃないんじゃ……。

でも……友《とも》だちって言葉《ことば》が、ずしっとひびく。

楽《たの》しかった学園祭準備《がくえんさいじゅんび》と、寒々《さむざむ》しいひとりぼっちの教室《きょうしつ》が、順番《じゅんばん》に頭《あたま》のなかをぐるぐるまわる。

これ、断《ことわ》ったら、また友《とも》だちいなくなっちゃう。

……行《い》かなくちゃ。

わたしはのろのろと歩《ある》きだした。明日《あした》からまた、クラスでひとりは、いやだもん。

ベンチに座《すわ》っていた翔太《しょうた》くんが、顔《かお》をあげた。

わたしはその瞬間《しゅんかん》、ヒヤっと背中《せなか》をつめたいものがかけおりた気《き》がした。

(いつもみたいに、笑《わら》ってくれない……)

額《ひたい》に、ちょっとだけしわが寄《よ》ってる。

ルリちゃんが翔太《しょうた》くんに笑《わら》いかけた。

「翔太《しょうた》くん、応援《おうえん》に来《き》たよ。あたしたち、ゆずの友《とも》だちなの」

翔太《しょうた》くんが、少《すこ》し困《こま》ったように言《い》った。

「ここ、試合前《しあいまえ》は入《はい》んねえようにって、言《い》われてねえの？」

「ゆずが案内《あんない》してくれたんだよ。みんなが、翔太《しょうた》くんの応援《おうえん》できるようにって」

わたしは、胃《い》のあたりがぎゅっとなった。

まわりの子《こ》も次々《つぎつぎ》にしゃべりかける。

「試合頑張《しあいがんば》ってね！」

「いっしょに写真撮《しゃしんと》ってもいい？」

翔太《しょうた》くんが、とつぜん立《た》ちあがった。

みんなが、一瞬《いっしゅん》でシン、と静《しず》まる。

「悪《わる》い。試合前《しあいまえ》は無理《むり》だから。集中《しゅうちゅう》してえの。――でてってくれるか」

ぐっと跳《は》ねあげた翔太《しょうた》くんの視線《しせん》は、するどくて……。たぶん、ちょっとおこってる。

その迫力《はくりょく》にけおされるように、わたしたちは次々《つぎつぎ》とグラウンドからでていった。

フェンスの前《まえ》には、レオくん、クロトくん、キヨくんがいた。

クロトくんが、しゅん、となっている女《おんな》の子《こ》たちに話《はな》しかけた。

「――翔太《しょうた》がごめんね？　あいつ、試合前《しあいまえ》はひとりで集中《しゅうちゅう》するクセがあるんだ。だからそっとしておいてくれると助《たす》かるな」

みんなは、クロトくんの王子様《おうじさま》みたいな雰囲気《ふんいき》に、ちょっとほっとしたみたい。

とどめは、レオくん。

「あいつのことおこらないでよ。試合《しあい》、応援《おうえん》してやって」

ね？　とちょっと首《くび》をかしげてほほえむだけで、その場《ば》がぱあっと華《はな》やかになる。

S《エス》クラスの三人《にん》は、グラウンドのフェンス前《まえ》にもどっていった。

それを見《み》おくったあと、ルリちゃんが、くるりとこっちをむいた。

「ゆずのせいだよね」

「……え？」

「翔太《しょうた》くんが集中《しゅうちゅう》しなくちゃいけないって、どうして教《おし》えてくれなかったの？」

「わたしも、知《し》らなくて……」

ルリちゃんが、じっとこっちをにらんでいる。

「翔太《しょうた》くんのジャマになるようなことさせて、ひどいと思《おも》わない？」

「ちがっ……！」

「サイテー」

「ホントひどいよ」

みんなが口々《くちぐち》に、わたしのことを責《せ》める。

（……そんな）

わたしは、ぼうぜんとしていた。

ルリちゃんたちは、手《て》のひらをかえしたみたいにつめたくなった。

ピーッとホイッスルがなる。試合《しあい》が始《はじ》まったんだ。

みんなが、次々《つぎつぎ》にフェンスにむかってかけていく。

ルリちゃんも、わたしに背《せ》をむけた。となりの子《こ》と目《め》を合《あ》わせて、肩《かた》をすくめる。

「――せっかく、友《とも》だちだって言《い》ってるのにね」

「ね。S《エス》クラスのこと、紹介《しょうかい》してくれるぐらい、いいよね」

「ホント、マジで使《つか》えない子《こ》」

頭《あたま》から氷水《こおりみず》をかけられたみたいだった。

その場《ば》でかたまったわたしを、ルリちゃんはふりかえった。

なにも言《い》わなかったけど、笑《わら》いもしない目《め》だけがわたしをにらむ。

わたしはそこで、ようやくわかった。

ルリちゃんは、翔太《しょうた》くんに近《ちか》づきたくて、わたしのこと「友《とも》だち」だって言《い》ったんだ。


わたしは、しばらくそこに立《た》ちつくしたままだった。

ルリちゃんたちの、都合《つごう》のいいようにしなくちゃ、友《とも》だちじゃない。

それっておかしいなって思《おも》う。でも……わたしがずっと続《つづ》けてきたことだ。

SEISE

そうじゃないと、クラスに入《い》れてもらえないから。

わたしは、フェンスのむこうで始《はじ》まっている練習試合《れんしゅうじあい》を見《み》た。

翔太《しょうた》くんが、グラウンドを走《はし》っている。どこか調子《ちょうし》が悪《わる》そうだった。

……わたしの、せいかもしれない。

わたし、バカだ……。

クラスでひとりになるとか、わたしがつらい思《おも》いをする、とか。自分《じぶん》のことばっかり考《かんが》えてた。

空《から》っぽな、『友《とも》だち』って言葉《ことば》だけを大事《だいじ》にして。

きっと、本当《ほんとう》に大切《たいせつ》なこと、見失《みうしな》ってたんだ。

帰《かえ》り道《みち》に、少《すこ》しだけ泣《な》いた。

きっと、翔太《しょうた》くんに嫌《きら》われた……！

7　レオくんと、ふたり。

次《つぎ》の日《ひ》。学園祭《がくえんさい》は、二日目《ふつかめ》。
あちこちで盛《も》りあがっているのに、わたしの気分《きぶん》はサイテーだ。
翔太《しょうた》くんに、嫌《きら》われちゃったかもしれない……。
……そう考《かんが》えるだけで、すごくつらい。
それに今日《きょう》は、午前中《ごぜんちゅう》にEYE《アイ》―S《ズ》で、二年生《ねんせい》のクラスに調査《ちょうさ》に行《い》く予定《よてい》なんだ。
翔太《しょうた》くんに、早《はや》く会《あ》って謝《あやま》りたい。
でも今《いま》は、会《あ》いたくない。どんな顔《かお》していいか、わかんないもん。
このふたつの気持《きも》ちが、ぐちゃぐちゃにまじってる。
ううー……つらいよ。
いつもよりずっと重《おも》い足《あし》をひきずって、家庭科室《かていかしつ》へ。

そろっとドアをあけてなかをのぞくと、レオくんだけがいた。衣装《いしょう》を縫《ぬ》っていた手《て》をとめて、こっちをむく。片手《かたて》をあげた。

「ゆず、遅《おそ》かったな」

「うん……レオくんだけ？」

「ああ、おれは衣装《いしょう》を作《つく》りつつ、ゆずへのメッセンジャーだよ」

メッセンジャー……？

レオくんが、使《つか》っていた道具《どうぐ》を台《だい》の上《うえ》に置《お》いた。

「二年《ねん》の教室《きょうしつ》への調査《ちょうさ》、午前中《ごぜんちゅう》って言《い》ってただろ。あれ、午後《ごご》になった」

「そうなんだ。どうして？」

「翔太《しょうた》が、午前中《ごぜんちゅう》は来《こ》られないって」

わたしは、びくっとした。

「昨日《きのう》の練習試合《れんしゅうじあい》、翔太《しょうた》の調子《ちょうし》がよくなくてさ。試合《しあい》は勝《か》ったからいいけどって。午前中《ごぜんちゅう》はサッカー部《ぶ》で緊急反省会《きんきゅうはんせいかい》だってさ」

大変《たいへん》だよな、とレオくんは苦笑《くしょう》したけど、わたしはぜんぜんそれどころじゃなかった。

わたしの、せいだ。

泣《な》きそうだった。

ふと顔《かお》にかげが落《お》ちる。

顔《かお》をあげると、レオくんが青《あお》い目《め》でこっちを見《み》おろしていた。

長《なが》くてきれいな指先《ゆびさき》が、わたしの目《め》もとをそっとぬぐった。

「泣《な》いてる」

（……え）

なにもできずに、かたまっていると、レオくんの手《て》がぽす、とわたしの頭《あたま》をなでた。

くしゃ、と髪《かみ》の間《あいだ》を、レオくんの指《ゆび》が通《とお》っていく感覚《かんかく》がする。

「どうした？」

レオくんの青《あお》い目《め》は、魔法《まほう》の目《め》だ。

なんでも話《はな》してしまえそうだった。

「……わたし、翔太《しょうた》くんに、嫌《きら》われちゃったかもしれない……」

わたしは、ぽつぽつとレオくんに昨日《きのう》のことを話《はな》した。

翔太《しょうた》くんのジャマをしちゃったこと。そして、それをすごく後悔《こうかい》してること。

レオくんは、うん、うんとうなずいてくれた。

わたしは、クラスの子《こ》に頼《たの》まれて、断《ことわ》れなかった。

(ううん……ちがう。それはわたしの勝手《かって》な都合《つごう》だ)

本当《ほんとう》なら、どんなにこわくても、断《ことわ》らなくちゃいけなかった。

「わたし、気《き》づいたんだ。自分《じぶん》のことばっかりで翔太《しょうた》くんのこと、ぜんぜん考《かんが》えてなかった。翔太《しょうた》くんがどれだけサッカーに一生懸命《いっしょうけんめい》か、知《し》ってたのに……。バカだ」

レオくんが、やわらかく笑《わら》ってくれた。

「そこが、ゆずのいいところだよな」

顔《かお》をあげた。

「そうやって、自分《じぶん》の悪《わる》かったところや、弱《よわ》かったところを、ちゃんとみとめるのって、実《じつ》はすごくむずかしいと思《おも》う。普通《ふつう》は、『でも』とか『だって』って言《い》い訳《わけ》するところだよ」

――……悪《わる》かったことは、悪《わる》かったってみとめなくちゃ進《すす》めない。

すごくつらいけど。それは、逃《に》げちゃだめなことだと思《おも》うんだ。

「ゆずはそれができる子《こ》だよ」

レオくんの顔《かお》が、目《め》の前《まえ》にある。高《たか》い身長《しんちょう》をかがめて、視線《しせん》を合《あ》わせてくれてるんだ。

目《め》が、そらせない……。

そう思《おも》っていたら、レオくんのほうが先《さき》に目《め》をそらした。

口《くち》もとに手《て》をあてて……どこか別《べっ》の方向《ほうこう》をむいている。

「……おれはゆずのそういうところ、すごくいいと思《おも》う。本当《ほんとう》にね」

ん？　と思《おも》った。いつものレオくんの、甘《あま》い感《かん》じじゃない。耳《みみ》のはしっこもちょっと赤《あか》い。

（レオくん、照《て》れてる？）

そういえば、クロトくんたちが言《い》ってたっけ。レオくんは、本気《ほんき》で思《おも》ってることサラっと言《い》えないって。

（——……え、じゃあ……今《いま》の本気《ほんき》ってことー？）

わたしが、おどろいて顔《かお》をあげたときだ。

肩《かた》にのってたレオくんの手《て》が、するりとわたしの頰《ほお》をなでる。

（……ふわっ!?）
レオくんの大《おお》きな手《て》の温度《おんど》を、頬《ほお》で感《かん》じてる。
思《おも》わず逃《に》げようとして――
（手《て》っ！　腰《こし》、がっ……！）
レオくんの手《て》が、がっちり腰《こし》に！
なんでっ!?
『――どうか動《うご》かないで』
「へっ！」
いつもより、少《すこ》し低《ひく》いレオくんの声《こえ》が、耳《みみ》のすぐそばで、聞《き》こえる。
この声《こえ》、だめだ。
なんだかちょっとこわくて、ぞくぞくする。
もう、目《め》がぐるぐるまわりそう……っ。
レオくんの青《あお》い目《め》が、わたしをじっと見《み》おろしてくる。
『……ねえ、許《ゆる》してくれるかい――……？

――……キミにこうして触《ふ》れていることを……』」

……な……何事《なにごと》――!?

もうだめ! 無理《むり》!

あと一瞬《いっしゅん》でキゼツする!

ぜったいする!

そう思《おも》った瞬間《しゅんかん》。レオくんは、あっさりとわたしから手《て》をはなした。

「どうだった?」

「は、えっ……ええっ!?」

(なにがっ!?)

へた、とそばのイスに座《すわ》りこんだ。足《あし》に、ぜんぜん力入《ちからはい》らないんだもん。

レオくんが、これ、と指《ゆび》さしたのは……

(台本《だいほん》ー!!)

ロミオとジュリエットの、台本《だいほん》だ。

そこには、さっきレオくんが言《い》ったのと、同《おな》じセリフが……。

「れ、れれ、れ、れんしゅう……？」

「ああ。本番《ほんばん》、明日《あした》だから。おれも練習《れんしゅう》しないとね」

「なんで、今《いま》、ここで⁉」

「練習相手《れんしゅうあいて》にちょうどいいかなって」

「ぜんっぜんよくない！」

「ははっ、あせりすぎだって、ゆず」

レオくんは爆笑《ばくしょう》。わたしはむすうっと頬《ほお》をふくらませていた。

ホントに、びっくりしたんだから！　レオくんはいつもこうやって、わたしをからかって遊《あそ》んでるんだ！

レオくんはまだ笑《わら》いながら言《い》った。

「元気《げんき》でた？」

「え？」

「さっき、ゆずが泣《な》いてたから。そうやって笑《わら》ったりおこったりしてるほうがいい」

レオくんは、やさしくそう言《い》う。

「泣《な》いてもいいよ。でもつらいばっかりじゃ先《さき》に進《すす》めないから、ちゃんと笑《わら》わないとな」

わたしは、胸《むね》がジーンとした。

レオくんはこうやってすぐ人《ひと》をからかって遊《あそ》ぶけど。

本当《ほんとう》は、人《ひと》のことをちゃんと見《み》てる、すごくやさしい人《ひと》だ。

レオくんは、台本《だいほん》に線《せん》をひきながら言《い》った。

「うーん、でもあと一歩《いっぽ》って感《かん》じだったな、あのセリフ」

あの台本《だいほん》のセリフ、ってことだよね。うーん、すごくくやしいんだけど……

「……じゅうぶん完璧《かんぺき》だった、と思《おも》うんだけど」

「時間《じかん》はまだあるし、間《ま》の取《と》り方《かた》も工夫《くふう》したい。衣装《いしょう》も改良《かいりょう》の余地《よち》があるし」

家庭科室《かていかしつ》のなかは、衣装《いしょう》でいっぱいだった。きらびやかなドレスから小物《こもの》まで、レオくんのこだわりがつまっている。

（こんな短期間《たんきかん》で、ここまで……）

「レオくん、自分《じぶん》の仕事《しごと》もあるのに、学園祭《がくえんさい》にも一生懸命《いっしょうけんめい》なんだね」

モデルや芸能人《げいのうじん》の仕事《しごと》って、忙《いそが》しいっていうのに。

「翔太《しょうた》だって、クロトだってキヨだってそうだよ。クロトは夏《なつ》の個展《こてん》、キヨは模試前《もしまえ》、翔《しょう》太《た》なんか学園祭《がくえんさい》で練習試合《れんしゅうじあい》があるのに、だれもクラスの劇《げき》に手《て》をぬいてない」

クロトくんも言《い》っていた。手《て》はぬけない、頑張《がんば》らないとって。

レオくんが、机《つくえ》の上《うえ》の紙《かみ》を取《と》りあげた。あれ、デザイン画《が》ってやつだ。

「おれは、将来《しょうらい》ファッションデザイナーになりたいんだ。モデルもしながら、自分《じぶん》のブランドを立《た》ちあげたい。だからコウセイ・ホシノはおれのあこがれなんだ、今回《こんかい》、この青《あお》い星《ほし》を使《つか》って衣装《いしょう》を作《つく》るのが、本当《ほんとう》にうれしい」

レオくんは、そばに置《お》いた青《あお》い星《ほし》をじっと見《み》つめた。

「学園祭《がくえんさい》だって仕事《しごと》だって、どんなチャンスも全力《ぜんりょく》をつくす。そうじゃないと、あいつらにむきあえないだろ。――ぜったい成功《せいこう》させるって、この青《あお》い星《ほし》に誓《ちか》ったからな」

……ああ、そっか。

レオくんたちは、おたがいを尊敬《そんけい》してる。みとめあって、すごく大事《だいじ》にしてるのが、伝《つた》わってくるんだ。

これが、きっと本当《ほんとう》の友《とも》だちだってことなんだ。


──わたしも、そうなりたい。


わたしもこの四人《にん》の本当《ほんとう》の仲間《なかま》で友《とも》だちなんだって。胸《むね》を張《は》って言《い》える日《ひ》が来《く》るように。

あのとき手《て》を重《かさ》ねて、青《あお》い星《ほし》に誓《ちか》ったことを、ぜったいに守《まも》るんだ。


「レオくん」

「なに、ゆず」

わたしはまっすぐにレオくんを見《み》た。

「わたしも、頑張《がんば》りたい」

レオくんには、それだけで伝《つた》わったみたい。

だって、笑《わら》ってくれたから。

8 二年《ねん》四組《くみ》へ！

その日《ひ》の午後《ごご》。わたしは、家庭科室《かていかしつ》の前《まえ》で大《おお》きく深呼吸《しんこきゅう》をした。
レオくんと話《はな》して、自分《じぶん》のこと、ちょっと整理《せいり》できた。
翔太《しょうた》くんに会《あ》って、ぜったい「ごめんなさい！」って言《い》う！
（よしっ！）
気合《きあ》いを入《い》れて――……でも、おそるおそるドアをあける。
けど……翔太《しょうた》くんは、なんだかびっくりするぐらい、いつも通《どお》りだった。
むしろ気合《きあ》い十分《じゅうぶん》って感《かん》じ。
「来《き》たかゆず！　よし、さっそく二年《ねん》に乗《の》りこむぞ！」
翔太《しょうた》くんにひっぱられて、四人《にん》の輪《わ》のなかに入《はい》った。
ちょ、ちょっと待《ま》って！

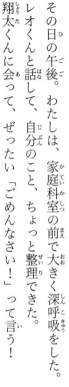

「キヨ、ジョシュア先生《せんせい》のクラス、調《しら》べてきてくれたか？」

キヨくんがうなずいた。

「ああ。二年《ねん》の進学《しんがく》クラスで、ジョシュア先生《せんせい》の授業《じゅぎょう》があるのは、二年《ねん》四組《くみ》だけだ」

「わかった。クロト、二年《ねん》四組《くみ》ってなんの模擬店《もぎてん》なんだ？」

「うーん、カフェみたいだね」

クロトくんが、学園祭《がくえんさい》のパンフレットを広《ひろ》げていた。

「手作《てづく》りケーキが楽《たの》しめるんだって。へえ、チーズケーキがおいしいんだ。楽《たの》しみだね」

（えーっと、犯人《はんにん》を見《み》つけに行《い》く、んだよね？）

って思《おも》ってたら、すかさず横《よこ》から翔太《しょうた》くんがツッコんだ。

「楽《たの》しむつもりで行《い》くんじゃねえ！」

クロトくんって、けっこう天然《てんねん》っぽいとこあるんだよね……。

それに、意外《いがい》と甘《あま》いものが好《す》きなのかも。手《て》に持《も》ってるミルクティも、砂糖《さとう》がたっぷり入《はい》った甘《あま》いやつだ。

それから翔太《しょうた》くんは、キヨくんと犯人《はんにん》を捕《つか》まえる作戦《さくせん》を話《はな》しはじめてしまった。

うーん、翔太《しょうた》くんに謝《あやま》るタイミング、ぜんっぜんつかめない……。

レオくんが助《たす》けてくれないかなー、なんてチラっと期待《きたい》したけど。

いやいや、だめ。ちゃんと自分《じぶん》でやる。頑張《がんば》るって決《き》めたもん！

とりあえず、今《いま》は犯人《はんにん》さがしに集中《しゅうちゅう》だ。そうわたしが決《き》めたときには、翔太《しょうた》くんはすでに家庭科室《かていかしつ》を飛《と》びでていた。

「おいてくぞ、ゆず！」

「あ、待《ま》って」

(——って、うわー！　忘《わす》れてたっ！)

わたしは、さっと青《あお》ざめた。

この四人《にん》と、学園祭《がくえんさい》をまわるってことが、どういうことか！


わたしたちは、そろって二年生《ねんせい》の廊下《ろうか》を歩《ある》いていた。

「ねえ、一年《ねん》のS《エス》クラスだよ、見《み》て！」

「年下《としした》って思《おも》えないよね……」

「同《おな》じ学年《がくねん》だったらよかったなあ」

と、S《エス》クラスの人気《にんき》っぷりは、二年生《ねんせい》でもこの通《とお》り。女子《じょし》のセンパイたちが、あっちこっちで目《め》をハートにしてる。

模擬店《もぎてん》の廊下《ろうか》には、肩《かた》からカメラをさげた人《ひと》もいた。『報道《ほうどう》』って腕章《わんしょう》をつけている。

あれ、雑誌《ざっし》や新聞《しんぶん》の記者《きしゃ》さんだ。

当然《とうぜん》、四人《にん》が通《とお》れば、その人《ひと》たちもさっと注目《ちゅうもく》する。

「ねえキミたち、うわさのS《エス》クラスだよね。ちょっとコッチで立《た》ってくれる？」

「うちにも一枚《まい》！」

なんて、声《こえ》をかけられてる。このままじゃちっとも進《すす》まない！

そう思《おも》ってたら、レオくんがサラっと片手《かたて》をあげた。

「すいません、写真《しゃしん》は最終日《さいしゅうび》の劇《げき》のときでお願《ねが》いします。今《いま》おれたち、自由時間《じゆうじかん》なんで」

ほかの三人《にん》も、顔色《かおいろ》も変《か》えない。

やっぱり慣《な》れてるんだ……。

そんななかわたしは、ほとんど廊下《ろうか》のカベに張《は》りつくようにして、コソコソかくれていた。慎重《しんちょう》に四人《にん》から距離《きょり》を取《と》る。

ぜったい、これ以上《いじょう》目立《めだ》つもんか！


(——……つ、つかれた)

二年《ねん》四組《くみ》の模擬店《もぎてん》に到着《とうちゃく》したときには、なんだかすでにぐったり……。

ちらっと四人《にん》を見《み》ると、ぜんぜんケロっとしてる。あんな注目《ちゅうもく》のなかを、つっきって来《き》たのに。

この教室《きょうしつ》でだって、ウェイトレスのセンパイたちが、四人《にん》を見《み》て小声《こごえ》できゃーって歓声《かんせい》をあげてる。

二年《ねん》四組《くみ》の教室《きょうしつ》は、オシャレなカフェになっている。座《すわ》って、五人《にん》で飲《の》み物《もの》を注文《ちゅうもん》した。

クロトくんは、ケーキを頼《たの》みたがってたけど、翔太《しょうた》くんにおこられていた。

翔太《しょうた》くんが、目配《めくば》せをしてきた。

「集中《しゅうちゅう》しろよ、ゆず」

「うん」

もちろん、まわりの視線《しせん》も気《き》になる。さっきからセンパイたちの視線《しせん》が、つきささってる。

そう思《おも》うとこわいんだけど……。

(今《いま》は、よけいなこと考《かんが》えてるときじゃないもんね)

ウェイター役《やく》の男《おとこ》のセンパイを観察《かんさつ》してると、ドリンクが来《き》た。

持《も》ってきてくれた、男《おとこ》のセンパイ。ポケットからキーホルダーがぶらさがってる。

わたしのオレンジジュースを、目《め》の前《まえ》に置《お》いてくれたとき。

それが、見《み》えた。

(──腕《うで》のあざ！)

思《おも》わず、その腕《うで》をつかむ！

「なに？」

不機嫌《ふきげん》そうな、男《おとこ》のセンパイの声《こえ》。

でも、腕《うで》のあざも腕時計《うでどけい》も同《おな》じだ。がっちりした筋肉《きんにく》のついた腕《うで》で、クロトくんが言《い》ってたこととも合《あ》う。まちがいない！

翔太《しょうた》くんが、立《た》ちあがる。

「ゆず」

うん、とうなずいた。翔太《しょうた》くんがセンパイに言《い》った。

「すいません、ちょっと廊下《ろうか》にでてもらえませんか。話《はなし》があるんっす。白石玲央《しらいしれお》のことで」

センパイの顔《かお》が、こわばったのがわかった。


だれもいない廊下《ろうか》のすみで、センパイとわたしたち五人《にん》はむかいあっていた。

センパイは、河島《かわしま》っていう名前《なまえ》だった。むっすり腕《うで》を組《く》んだまま、なにも話《はな》そうとしない。

翔太《しょうた》くんが正面《しょうめん》から、にらみつけている。

「なんでレオをねらったんスか」

翔太《しょうた》くんが、低《ひく》い声《こえ》で問《と》いただした。センパイは、視線《しせん》をそらして口《くち》をつぐんだままだ。

でも、キヨくんはわかったみたい。センパイのポケットのキーホルダーをさした。

「レオをねらった理由《りゆう》は、それですよね」

あれって、写真入《しゃしんい》りのキーホルダーだ。

レオくんが言《い》った。

「それ、花丘《はなおか》うららですね」

『花丘《はなおか》うらら』って、S《エス》クラスのアイドルの子《こ》、だよね。過激《かげき》な男《おとこ》の人《ひと》のファンが多《おお》いってうわさだったっけ……。

そのとたん、河島《かわしま》センパイはいらだったように舌打《したう》ちした。そのあと、すごくこわい声《こえ》で言《い》った。

「白石《しらいし》レオ。お前《まえ》が、うららをうばったんだ」

うばったって……どういうこと？

――きっかけは、やっぱり地域《ちいき》のフリーペーパーの写真《しゃしん》だった。

レオくんと、花丘《はなおか》さんが衣装《いしょう》を着《き》て立《た》っている写真《しゃしん》だ。おたがいにじっと見《み》つめあっていた。まるで本当《ほんとう》のロミオとジュリエットみたいに、愛《あい》しあってるように見《み》えるんだ。

「それが許《ゆる》せなかったんだ」

センパイは花丘《はなおか》うららさんのことが、ホントに好《す》きだったんだ。だから、写真《しゃしん》を見《み》てレオくんに『取《と》られた！』って思《おも》ったんだって。

(でも……そんなの、すごく勝手《かって》だ)

そんな逆恨《さかうら》みで、レオくんを傷《きず》つけていい理由《りゆう》になんて、ぜったいならない。

話《はな》しているうちに、河島《かわしま》センパイは、だんだんと顔色《かおいろ》が青《あお》くなっていった。

とんでもないことをしたんだって、わかったんじゃないのかな。

それはきっと、翔太《しょうた》くんがすごい剣幕《けんまく》でにらんでるからだ。

いつもはセンパイたちには礼儀正《れいぎただ》しい翔太《しょうた》くんだけど、こういう曲《ま》がったことが、本当《ほんとう》に嫌《きら》いなんだ。

すっかり肩《かた》を落《お》としたセンパイに、翔太《しょうた》くんが言《い》った。

「レオだって、花丘《はなおか》だって学園祭《がくえんさい》を成功《せいこう》させるために、頑張《がんば》っててんだよ。一生懸命《いっしょうけんめい》なんだ。そういうヤツのジャマすんのは、おれがぜってェ許《ゆる》さねえっすから」

今《いま》にもつかみかからんばかりの翔太《しょうた》くんを、キヨくんが片手《かたて》で制《せい》した。

いつもすごく冷静《れいせい》なキヨくんなんだけど……。

「次《つぎ》に同《おな》じことをしたら、今回《こんかい》のことぜんぶ、先生方《せんせいがた》と警察《けいさつ》に報告《ほうこく》します。おれたち、本《ほん》当《とう》におこってるんで」

でた……おこったキヨくんの、氷《こおり》みたいな声《こえ》……。

センパイは、がっくり肩《かた》を落《お》として約束《やくそく》してくれた。

「……もうしないよ」

9 青《あお》い星《ほし》のひみつ

家庭科室《かていかしつ》への帰《かえ》り道《みち》は、みんなどこかほっとしていた。

なんだかひとつやりとげた気分《きぶん》！　これでレオくんも安心《あんしん》だもんね。

だけど、キヨくんはふに落《お》ちないという顔《かお》をしていた。

「レオ、バイクにひかれそうになったって言《い》ってたよな」

「ああ」

「あれも、あのセンパイがやったと思《おも》うか？」

「ちがうのか？」

「だって、中学《ちゅうがく》二年って十四歳《さい》で、二輪《りん》の免許《めんきょ》取《と》れないだろ。十六歳《さい》からじゃないと」

……たしかに。キヨくんの言《い》うことは、もっともだ。

キヨくんはさらに続《つづ》けた。

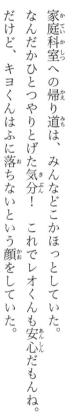

「それに学校《がっこう》の外《そと》で起《お》きたのは、バイクの件《けん》だけだ」

そうか、あとはぜんぶ学校内《がっこうない》だ。これって、なにか意味《いみ》があるのかなあ。

わたしは、ううん、と考《かんが》えながら、みんなのあとを追《お》って家庭科室《かていかしつ》に入《はい》った。

レオくんが、さっそく裁縫箱《さいほうばこ》に手《て》を伸《の》ばす。

「じゃあおれ、衣装《いしょう》の続《つづ》きやるわ――……あれ」

裁縫箱《さいほうばこ》のなかをのぞきこんだレオくんが、首《くび》をかしげた。

「なあ、だれかおれの裁縫箱《さいほうばこ》あけた？」

わたしたちは、顔《かお》を見《み》あわせて首《くび》を横《よこ》にふった。

裁縫箱《さいほうばこ》はレオくん個人《こじん》のものなんだ。家庭科室《かていかしつ》のじゃないんだよね。レオくんは、道具《どうぐ》や糸《いと》や布《ぬの》をすごく大事《だいじ》にしてる。べつにレオくんはおこったりしないけど、みんな勝手《かって》に裁縫箱《さいほうばこ》にはさわらないと思《おも》う。

「いや、大《たい》したことじゃないんだけど。しまうときにさ、糸《いと》の色《いろ》とかちゃんとわかるように順番《じゅんばん》にしまったんだ。だけど、今《いま》裁縫箱《さいほうばこ》をあけたら、順番《じゅんばん》がちがってて……」

平《たい》らな紙《かみ》にくるくると巻《ま》きつけられた、色《いろ》とりどりの糸《いと》。それをいくつか手《て》に持《も》って、レオくんは不思議《ふしぎ》そうにしていた。

翔太《しょうた》くんが、スポーツドリンクを飲《の》みながら言《い》った。

「家庭科《かていか》の先生《せんせい》が来《き》たんじゃねえ？　まちがえてあけたんだろ」

「そうかな。だったらいいんだけど」

レオくんがそう言《い》っていたとき。わたしは自分《じぶん》のカバンのチャックが、少《すこ》しだけあいているのに気《き》がついた。

なんとなく、背中《せなか》がぞっとした。

「……たしかに、閉《し》めたのに」

なかを確《たし》かめると、教科書《きょうかしょ》とかお弁当《べんとう》とか……ほんの少《すこ》し、場所《ばしょ》が変《か》わっている。

「――レオ」

そう言《い》ったクロトくんが、まゆをひそめていた。

「ぼくの衣装《いしょう》なんだけど、でるときはポケットのボタンを閉《し》めてたよね？」

クロトくんの衣装《いしょう》には、胸《むね》ポケットがついている。小《ちい》さな飾《かざ》りボタンに、ヒモをひっかけて留《と》められるようになってるんだ。

レオくんはうなずいた。

「ああ。そうじゃないと型崩《かたくず》れするしな」

「……だけど、今《いま》はあいてるよ」

クロトくんの言《い》うとおり、ポケットはたしかにあいていた。みんな顔《かお》を見《み》あわせた。

なんだか……少《すこ》しずつ、おかしい気《き》がする。

わたしは、思《おも》いきって言《い》った。

「わたしのカバンもおかしいの。チャックがあいてるし、なかの物《もの》もちょっとずつ動《うご》いてる」

翔太《しょうた》くんがまゆをひそめた。

「おい、まさかなにか盗《と》られたのか!?」

「なくなったものはないんだけど……」

キヨくんがみんなを見《み》まわした。

「おれたちのカバンも確認《かくにん》しよう」

みんないっせいに、カバンやまわりを確認《かくにん》した。やがて、落《お》ちつかない気分《きぶん》でイスに座《すわ》った。やっぱりみんなのカバンのなかも、ちょっとずつ動《うご》いてるみたいだった。

レオくんが腕《うで》を組《く》んだ。

「……もし先生《せんせい》が来《き》てさがし物《もの》をしたなら、生徒《せいと》のカバンまであけないよな」

ああ、とキヨくんがうなずいた。

「ほかのS《エス》クラスのだれかだったとしても、おれたちのカバンのなかを勝手《かって》にさがしたりしないし、作《つく》りかけの衣装《いしょう》をさわるとも思《おも》えないしな」

ピリっと緊張《きんちょう》が走《はし》った。

キヨくんが、真剣《しんけん》な声《こえ》で言《い》った。

「おれたちが二年《ねん》四組《くみ》に行《い》ってる間《あいだ》に、だれかがここで、なにかをさがした可能性《かのうせい》がある。それもできるだけ気《き》づかれないように、元《もと》にもどしてる感《かん》じがするな」

わたしたちが二年《ねん》四組《くみ》に行《い》ってから、三十分《さんじゅっぷん》ぐらいしかたってない。その間《あいだ》にだれかがここに入《はい》った。そして、わたしたちのカバンや、レオくんの裁縫箱《さいほうばこ》のなかをさがしたんだ。

クロトくんが、なにか考《かんが》えこんでいる。

「ここになにをさがしに来《き》たんだろう。裁縫箱《さいほうばこ》に、カバンに衣装《いしょう》のポケット……さがしてるものって、きっと小《ちい》さいんじゃないかな」

キヨくんが、そのあとを続《つづ》けた。

「それにおれたちのカバンをあけてるってことは、おれたちが持《も》ってるはずのものを、さがしてるってことだ」

……これって。

みんな、同《おな》じことを思《おも》ったみたい。

「レオ、青《あお》い星《ほし》を見《み》せてくれない？」

クロトくんが言《い》った。

（……やっぱりそうだ）

家庭科室《かていかしつ》をさがしただれかは、この青《あお》い星《ほし》をねらってる……のかも。

レオくんは、ジャケットのポケットから星《ほし》を取《と》りだした。

キヨくんが聞《き》いた。

「いつも持《も》ちあるいてるのか？」

「いや、普段《ふだん》はカバンに入《い》れてるんだけどさ。センパイに見《み》せようかと思《おも》って」

そっか、青《あお》い星《ほし》に関係《かんけい》あるのかって、聞《き》くつもりだったんだ。結局《けっきょく》、あの写真《しゃしん》が原因《げんいん》だってわかったから、見《み》せるタイミングがなかったんだよね。

クロトくんは星《ほし》を受《う》けとった。ていねいにひっくりかえしたり、なでたりする。

「……ちょっと待《ま》って……え、ウソ」

とつぜん、クロトくんがひとりであせりはじめた。自分《じぶん》のカバンのなかを、ごそごそさがしはじめる。

どうしたんだろう？

クロトくんは、カバンのなかから、ぽいぽいいろんなものを、机《つくえ》にだしはじめた。

「えっと、あれ、どこ行《い》ったのかなあ」

……筆箱《ふでばこ》にスケッチブックに……キャンディ、チョコレート、クッキー……そのほか、たくさんのお菓子《かし》。

あのカバンにこんなに⁉　っていうぐらい。

キヨくんがじれったそうに、クロトくんの横《よこ》から手《て》を伸《の》ばした。カバンのなかから、黒《くろ》い布《ぬの》のきんちゃく袋《ぶくろ》を取《と》りだす。

「ほらこれ。いつもちゃんと、カバンのなか整理《せいり》しろって言《い》ってるだろ」

「あ、そうそうこれこれ。ありがと、キヨ」

わたしは、翔太《しょうた》くんをそっと見《み》た。ああ……キヨくんとおんなじ、あきれた顔《かお》してる。

「翔太《しょうた》くん、クロトくんってもしかして……」

「……あいつ整理整頓《せいりせいとん》すっげー苦手《にがて》で、カバンとか机《つくえ》のなかとかけっこうごちゃごちゃしてんの」

レオくんが苦笑《くしょう》した。

「家《いえ》の鍵《かぎ》とかすぐなくすんだよなあ……」

「……最近《さいきん》は大丈夫《だいじょうぶ》だよ」

ちょっとはずかしそうに、クロトくんはそう言《い》った。それから袋《ふくろ》のなかから、小《ちい》さい銀《ぎん》色《いろ》のなにかを取《と》りだした。

それはすごく小《ちい》さな銀色《ぎんいろ》のルーペだった。テレビで見《み》たことがある。片目《かため》にあてて使《つか》う、専門《せんもん》の道具《どうぐ》だよ。

それでじっと青《あお》い星《ほし》を観察《かんさつ》するクロトくん。わたしは横《よこ》から聞《き》いた。

「いつもそういうの、持《も》ってるの？」

「うん。古《ふる》い絵《え》や写真《しゃしん》とかを見《み》て、素材《そざい》や年代《ねんだい》を知《し》りたいときに使《つか》うんだ」

うーん、こうやってるとホントにプロって感《かん》じ。

やがて、クロトくんは顔《かお》をあげた。いつものプリンススマイルがちょっとひきつってる。

「キヨ、ちょっと」

「なに？」

ふたりで、こそっとしゃべって……キヨくんの顔色《かおいろ》が変《か》わった。

翔太《しょうた》くんがムスっと頬《ほお》をふくらませた。

「そこでしゃべんなよ、おれにも教《おし》えろよな」

「わかってるって。レオ、裁縫箱《さいほうばこ》のハサミを貸《か》してくれ」

レオくんはハサミをわたした。プロが使《つか》ってるみたいなしっかりしたやつだ。

キヨくんは、受《う》けとったハサミを、青《あお》い星《ほし》のキラキラ光《ひか》る石《いし》、真《ま》ん中《なか》の一番大《いちばんおお》きなものにぐっと力《ちから》を入《い》れてすべらせた。

「なにやってんだよ！」

翔太《しょうた》くんが叫《さけ》んだ。

(石《いし》が傷《きず》ついちゃう!)

……あれ? 石《いし》には白《しろ》いスジが入《はい》ったけど、指《ゆび》でなぞったらきれいに取《と》れた。石《いし》には傷《きず》ひとつない。

「やっぱりだ。これはガラスじゃない」

キヨくんはきっぱりと言《い》った。わたしとレオくん、翔太《しょうた》くんは顔《かお》を見《み》あわせた。

キヨくんが、わかりやすく解説《かいせつ》してくれる。

「いいか、ものには『硬度《こうど》』っていうのがある。傷《きず》つきにくさってことだ。このハサミの刃《は》は、だいたい五・五ぐらい。一番《いちばん》かたいのは、ダイヤモンドで、十」

ふんふん。数字《すうじ》が大《おお》きいほど、傷《きず》つきにくいってことなんだね。

「ガラスは五。だから、五・五の刃《は》で五のガラスを傷《きず》つけたら、わずかでも傷《きず》がのこるはずなんだ」

つまり、五のガラスのほうがちょっとだけやわらかくて傷《きず》つきやすいってこと。

……あれ? でもさっき、石《いし》に傷《きず》はなかった。

「だから、この石《いし》はガラスじゃないってことになる。ガラスよりずっとかたい……」

クロトくんが、肩《かた》をすくめた。

「たぶんだけど……ぼくが見《み》たところだと、サファイア」

――シン、と静《しず》まった。
サ、サファイア……？　宝石《ほうせき》の……？
「はあ!?」

翔太《しょうた》くんが叫《さけ》んだ。レオくんの顔《かお》も、ひきつってる。

「マジ？」

「うん。この大《おお》きさで、不純物《ふじゅんぶつ》もほとんどない。これ、けっこうな値段《ねだん》になると思《おも》う」

けっこうって、どのぐらいだろう……。だってサファイアって、ホントに小《ちい》さい石《いし》だって、何十万《なんじゅうまん》ってってするんだよね。

クロトくんが、ゆっくりと言《い》った。

「少《すく》なくとも、三百万円《びゃくまんえん》ぐらいは、軽《かる》くするんじゃないかな」

全員《ぜんいん》が、まじまじと青《あお》い星《ほし》を見《み》た。

レオくんが、なにかを思《おも》いだすように口《くち》を開《ひら》いた。

「……演劇部《えんげきぶ》の話《はなし》だと、コウセイ・ホシノがこの星《ほし》をくれたとき、自分《じぶん》の胸《むね》についてるやつを、その場《ば》でプレゼントしてくれたんだってさ。そういうふうにくれるぐらいだから、そんなに高《たか》いものじゃないだろうって……」

「ということは、これがサファイアだってだれも知《し》らないってことか」

いつも表情《ひょうじょう》の変《か》わらないキヨくんの顔《かお》も、ちょっとおどろいているように見《み》える。

わたしはもう大混乱《だいこんらん》だった。

「だ、だけどたしかにコウセイ・ホシノってモデルでデザイナーで、お金持《かねも》ちなのかもしれないけど……こんなのポンってくれるものなの？　だって宝石《ほうせき》だよ⁉」

それには、翔太《しょうた》くんがううん、と首《くび》をひねった。

「……でもうちの親父《おやじ》も、同《おな》じチームの後輩《こうはい》に、自分《じぶん》のシューズあげたりしてたな。どっかの限定《げんてい》のすげーイイヤツ。頑張《がんば》ってほしいからって」

翔太《しょうた》くんのお父《とう》さんは、プロサッカー選手《せんしゅ》。日本代表《にほんだいひょう》に選《えら》ばれるぐらいのすごい人《ひと》だ。

レオくんもキヨくんもクロトくんも、あー、そういやあるある、みたいな顔《かお》をしている。

（あ、あるんだ……）

こういうとき、この人《ひと》たちと生《い》きてる世界《せかい》がちがうんだなあって、本当《ほんとう》に思《おも》う。この四人《にん》の家族《かぞく》って、どんな人《ひと》たちなんだろう。

レオくんがなんだかうれしそうに言《い》った。

「コウセイ・ホシノは十年前《ねんまえ》のセンパイたちに、本当《ほんとう》に頑張《がんば》ってほしかったんだな。だからブローチをくれたんだ。きっと宝石《ほうせき》だとか高価《こうか》なものだとか、関係《かんけい》なかったんだ」

キヨくんがまとめた。

「だけど、この星《ほし》をねらっているヤツは、これがサファイアだって知《し》ってる。だから、レオをねらったんだ」

レオくんが言《い》った。

「バイク事故《じこ》は、もしかしたらおれのカバンをひったくろうとしてたのか」

キヨくんがうなずいた。

「犯人《はんにん》は、前《まえ》から青《あお》い星《ほし》がサファイアだと知《し》っていた人物《じんぶつ》だ。星《ほし》は十年前《ねんまえ》から、学校《がっこう》から持《も》ちだされていないし、この学校《がっこう》の人間《にんげん》はだれも宝石《ほうせき》だと知《し》らなかった」

翔太《しょうた》くんが不思議《ふしぎ》そうに聞《き》いた。

「だけどさ、なんで十年《ねん》もたっていきなり、青《あお》い星《ほし》をねらったんだ？」

「あのフリーペーパーの写真《しゃしん》だ。この星《ほし》の写真《しゃしん》がのったから、犯人《はんにん》はレオが青《あお》い星《ほし》を持《も》ってることを知《し》った。だけど、記事《きじ》にはサファイアなんて一言《ひとこと》も書《か》いてない。犯人《はんにん》は、おれたちが、星《ほし》が宝石《ほうせき》だと気《き》づいてないと確信《かくしん》した」

あ、そうか！　写真《しゃしん》ではレオくんの胸《むね》に青《あお》い星《ほし》のブローチがついていた。記事《きじ》には青《あお》い星《ほし》のことも、レオくんが衣装係《いしょうがかり》で星《ほし》を持《も》ってるってことも、ばっちり書《か》いてある。

キヨくんはさらに続《つづ》けた。

「だったら、犯人《はんにん》は今日《きょう》か明日《あした》、また必《かなら》ず来《く》る。それも学校《がっこう》に来《く》る可能性《かのうせい》が高《たか》い」

わたしは不思議《ふしぎ》に思《おも》った。

「どうして？　学園祭期間中《がくえんさいきかんちゅう》ってすごく人《ひと》が多《おお》いよ。だれかに見《み》られてるかもしれないから、もっと静《しず》かなときをねらうんじゃない？」

「明日《あした》になれば、おれたちの劇《げき》、『ロミオとジュリエット』が上演《じょうえん》される。申《もう》しこまれている取材《しゅざい》の数《かず》、知《し》ってるだろ。有名《ゆうめい》なファッション誌《し》ばっかりだ」

きっと、フリーペーパーなんかメじゃないぐらい話題《わだい》になる。もしかしたら、WEB《ウェブ》やSNS《エスエヌエス》でも有名《ゆうめい》になっちゃうかも。

「それだけ有名《ゆうめい》になれば、いずれこの星《ほし》の石《いし》が、サファイアだって気《き》づくヤツがでてくるかもしれない。そしたら、学校《がっこう》はどうする？」

レオくんが答《こた》えた。

「そりゃあ、コウセイ・ホシノにかえすとか、美術館《びじゅつかん》に寄贈《きぞう》するとか、するんじゃないか？」

「だろ。だから犯人《はんにん》は、有名《ゆうめい》になるその前《まえ》に、星《ほし》を手《て》に入《い》れたいんだ。今《いま》は学園祭《がくえんさい》のために、業者《ぎょうしゃ》とか記者《きしゃ》とか部外者《ぶがいしゃ》も入《はい》ってる。まぎれやすいしな」

ってことは……タイムリミットは、星《ほし》がお披露目《ひろめ》されるS《エス》クラスの上演《じょうえん》の前《まえ》。

それまでに、また星《ほし》が……もしかしたらレオくんも、ねらわれるってことだ――。

背筋《せすじ》がぞっとした。

「せ、先生《せんせい》に言《い》おうよ」

キヨくんが、少《すこ》したためらいながら言《い》った。

「だけど、先生《せんせい》や警察《けいさつ》に言《い》えば、劇《げき》が中止《ちゅうし》になるかもしれない」

みんな、息《いき》をのんだ。

……そうか、もし生徒《せいと》が危《あぶ》ないなんてことになったら、劇《げき》なんてさせてもらえない。

でもこの日《ひ》のために、S《エス》クラスは一生懸命練習《いっしょうけんめいれんしゅう》してきた。それが……ぜんぶだめになっちゃうかもしれないんだ。

一番初《いちばんはじ》めに顔《かお》をあげたのは、レオくんだった。すごくつらそうな顔《かお》だった。

「……みんなを巻《ま》きこんでごめん……おれがこの星使《ほしつか》いたいって言《い》わなきゃ、中止《ちゅうし》になるかも、なんてならなかったのに」

「それはちがうよ！」

わたしは声《こえ》を張《は》りあげた。

一生懸命衣装《いっしょうけんめいいしょう》を作《つく》って、みんなのためにって言《い》って頑張《がんば》ってたレオくんのことを、わたしは知《し》っている。

「S《エス》クラスのロミオとジュリエットを成功《せいこう》させるために、レオくんは頑張《がんば》ったんだよ」

翔太《しょうた》くんが、大《おお》きくうなずいた。

「なあ、レオ。『巻《ま》きこんで』なんて言《い》うな。おれたちこの星《ほし》に誓《ちか》ったよな——一生懸命《いっしょうけんめい》やって、ぜったい成功《せいこう》させるって」

あのとき手《て》を重《かさ》ねた、熱《あつ》い気持《きも》ちがよみがえってくる。

キヨくんが言《い》った。

「おそらく犯人《はんにん》は劇《げき》の前《まえ》に星《ほし》をねらってくる。それさえ防《ふせ》げれば、一番注目《いちばんちゅうもく》の集《あつ》まる場所《ばしょ》——本番《ほんばん》で仕掛《しか》けてくることはないはずだ」

翔太《しょうた》くんが、よし、とうなずいた。

「おれたちでやろう——おれはぜったいこの学園祭《がくえんさい》を成功《せいこう》させたい。お前《まえ》はどうだ、レオ」

わたしはすぐにレオくんの答《こた》えがわかった。

レオくんがあの青《あお》い星《ほし》を、大切《たいせつ》そうになでているから。

レオくんも……あのときの星《ほし》の誓《ちか》いを、思《おも》いだしているんだ。

「……ありがとうな、みんな。おれも中止《ちゅうし》になんてさせたくない。ぜったい成功《せいこう》させたい」

——それで、みんなの心《こころ》は決《き》まったんだ。

レオくんを守《まも》って、星《ほし》も守《まも》る。劇《げき》も成功《せいこう》させるんだ！

翔太《しょうた》くんが真剣《しんけん》な声《こえ》で言《い》った。

「今日《きょう》か明日《あした》、そいつが来《く》るなら、できるだけ情報《じょうほう》がほしいところだな」

今《いま》のところわかってるのは、たったひとつ。十年前《ねんまえ》から星《ほし》のことを知《し》ってる人《ひと》。これだけだもんね。顔《かお》も性別《せいべつ》もわかんないもん。

クロトくんが言《い》った。

「演劇部《えんげきぶ》に聞《き》いてみようよ。十年前《ねんまえ》のこと、詳《くわ》しく聞《き》けるかもしれない」

翔太《しょうた》くんがうなずく。

「これから行《い》ってみようぜ」

だけど、横《よこ》からキヨくんが言《い》った。

「時間《じかん》がない。おれたち、練習《れんしゅう》の時間《じかん》だ」

みんなはっと時計《とけい》を見《み》た。そうか、明日《あした》S《エス》クラスの本番《ほんばん》だもんね……。

——だったら……。

わたしは、びしっと手《て》をあげた。

「わたし、やるよ。その調査《ちょうさ》」

翔太《しょうた》くんがガタッと立《た》ちあがった。

「バカ、危《あぶ》ないぞ」

「演劇部《えんげきぶ》の人《ひと》に、話《はなし》を聞《き》くだけだもん。大丈夫《だいじょうぶ》だよ。わたしたちは、クラスの出《だ》し物《もの》終《お》わってるしね」

……本当《ほんとう》はちょっとこわい。それに、知《し》らない人《ひと》に話《はなし》を聞《き》くっていうのだって、そんなに得意《とくい》じゃないんだ。

だけど、S《エス》クラスのみんなが、自分《じぶん》の仕事《しごと》や部活《ぶかつ》をしながら、学園祭《がくえんさい》にも一生懸命《いっしょうけんめい》なの、知《し》ってるから。

――だったら、今《いま》はわたしの出番《でばん》だ。

わたしも、今《いま》できることに全力《ぜんりょく》をつくしたいんだ。

そうと決《き》まったら、行動《こうどう》だ！

っていうか立《た》ちどまったら、足《あし》がすくんで動《うご》けなくなりそう……。

置《お》いてたカバンをひっつかむ。

「じゃあわたし行《い》ってくる！　みんなは、練習頑張《れんしゅうがんば》ってね！　また明日《あした》ね！」

「あ、おい待《ま》て、ゆず！」

翔太《しょうた》くんの声《こえ》が聞《き》こえないふりをして、かけだした。

よーし、やるぞ！

10　単《たん》独《どく》調《ちょう》査《さ》

——いきおいのまま飛《と》びだしてきたんだけど、わたしはさっそく行《い》きづまっていた。

演《えん》劇《げき》部《ぶ》の人《ひと》たち、なにも知《し》らないんだって。

でもここであきらめたりしない。もうひとつ心《こころ》あたりがあるんだ。

わたしは職《しょく》員《いん》室《しつ》で、演《えん》劇《げき》部《ぶ》の先《せん》生《せい》をさがしていた。顔《かお》は、入《にゅう》学《がく》のときの部《ぶ》活《かつ》紹《しょう》介《かい》で見《み》たから、覚《おぼ》えている。口《くち》ひげに、つやっとした髪《かみ》をかきあげた、ダンディな先《せん》生《せい》なんだ。

（いた！）

先《せん》生《せい》をつかまえて青《あお》い星《ほし》のことを聞《き》いてみた。先《せん》生《せい》は職《しょく》員《いん》室《しつ》のソファに案《あん》内《ない》してくれた。

カバンを置《お》いて座《すわ》る。

「うーん……十年前《ねんまえ》にコウセイ・ホシノがくれた、ということぐらいだね。演《えん》劇《げき》部《ぶ》の公《こう》演《えん》に感《かん》動《どう》して、自《じ》分《ぶん》のつけていたブローチをプレゼントしてくれたらしいんだ」

そこまではレオくんに聞《き》いた通《とお》り。だけど顧問《こもん》の先生《せんせい》も、それ以上知《いじょうし》らないみたい。

「その星《ほし》、売《う》ってくれって人《ひと》が最近来《さいきんき》てたよ」

そう思《おも》っていたら、通《とお》りかかった美術《びじゅつ》の先生《せんせい》が、ひょい、と顔《かお》をだした。

（うーん、新《あたら》しいことはわからないかなあ）

「えっ！」

「演劇部《えんげきぶ》の青《あお》い星《ほし》でしょ？　美術商《びじゅつしょう》やってるって人《ひと》がね、フリーペーパーで見《み》て気《き》に入《い》ったからゆずってほしいって。でも学校《がっこう》に寄付《きふ》されたものだし、断《ことわ》ったんじゃないかな」

「あの、その星《ほし》のこと、いくらでー……とか言《い》っていましたか？」

美術《びじゅつ》の先生《せんせい》は首《くび》を横《よこ》にふった。

「いや？　たしかに有名人《ゆうめいじん》のものだけど、ただのブローチだからそんなに高《たか》くなかったと思《おも》うよ……なに？　その星《ほし》、なにかあるの？」

「いえ……」

あわてて首《くび》を横《よこ》にふった。心臓《しんぞう》がドキドキ高鳴《たかな》っている。

（このタイミングで、星《ほし》を買《か》いとりたいって人《ひと》なんて、すっごく怪《あや》しい！）

写真《しゃしん》を一目《ひとめ》見《み》たら、顔《かお》を覚《おぼ》えられるんだけど。あるわけないし。

「その人《ひと》の顔《かお》の特徴《とくちょう》、知《し》りたいんですけど……」

先生《せんせい》は不思議《ふしぎ》そうな顔《かお》をしながらも、教《おし》えてくれた。

「やせてて、目《め》がぎょろっとしてたかな。四十五歳《さい》か五十歳《さい》ぐらいの男《おとこ》の人《ひと》だよ」

これで、ちょっとでもレオくんをねらってるのが、だれかわかる。

(レオくんたち、まだのこってるよね。早《はや》く伝《つた》えなくちゃ)

演劇部《えんげきぶ》の先生《せんせい》が、腕《うで》を組《く》んでじろっとこっちを見《み》た。

「なんでそんなこと知《し》りたがるんだい？　あの青《あお》い星《ほし》がどうかしたの？　今《いま》たしか、S《エス》クラスが持《も》ってるんだよね」

美術《びじゅつ》の先生《せんせい》も、首《くび》をかしげてる。

(どうしよう。先生《せんせい》に言《い》ったほうが、いいのかな)

でもそしたら、明日《あした》のS《エス》クラスの演劇《えんげき》、中止《ちゅうし》になっちゃうかもしれない。

「あの……ええっと」

わたしがしどろもどろになっていると――

「失礼《しつれい》します！」

元気《げんき》のいい声《こえ》が、飛《と》びこんできた。この声《こえ》、翔太《しょうた》くんだ！

パーティションから、翔太《しょうた》くんが顔《かお》をだす。

「すいません、うちの春内《はるうち》、むかえに来《き》ました」

「S《エス》クラスの赤月《あかつき》？　きみ、この子《こ》と知《し》り合《あ》いなのか？」

演劇部《えんげきぶ》の先生《せんせい》の目《め》が、翔太《しょうた》くんとわたしの間《あいだ》を、行《い》ったり来《き》たりする。

この視線《しせん》には、すごく慣《な》れてる。この子《こ》が、S《エス》クラスと知《し》り合《あ》い？　みたいな視線《しせん》……。

「仲間《なかま》っす。こいつに用《よう》があるんで、すいません」

翔太《しょうた》くんは先生《せんせい》に一礼《いちれい》する。

翔太《しょうた》くんてちょっと荒《あら》っぽいところもあるけど、目上《めうえ》の人《ひと》に、すごく礼儀《れいぎ》正《ただ》しい。

こういうところ、先生《せんせい》たちも、一目《いちもく》置《お》いてるみたいなんだ。

「行《い》くぞ、ゆず。話《はなし》がある」

そう言《い》って、ソファからわたしのカバンを、ひょいっと取《と》りあげた。

「話《はなし》!?　ま、待《ま》って！　あ、先生《せんせい》失礼《しつれい》します！」

ぽかん、とした先生《せんせい》を置《お》いて、さっさと歩《ある》いていってしまう翔太《しょうた》くんを、あわてて追《お》いかけた。

でも翔太《しょうた》くんは、ずんずん歩《ある》いていってしまう。

あれ……おこってる……?

わたしはちょっと逃《に》げたくなって。

カバンが人質《ひとじち》になっていることを、思《おも》いだして、あとをついていくしかなかったんだ。

廊下《ろうか》のすみっこで、翔太《しょうた》くんがくるっとこっちをむいた。腕《うで》を組《く》んで、ムスっと口《くち》をへの字《じ》に曲《ま》げている。

「おれ、待《ま》てって言《い》ったよな。ひとりじゃ危《あぶ》ないかもしれないって」

「……話《はなし》を聞《き》きに行《い》くだけだから、大丈夫《だいじょうぶ》だよ」

「万《まん》が一《いち》、犯人《はんにん》にあたるかもしれないんだぞ。まだ近《ちか》くにいるかもしれねえ」

「……そのときは逃《に》げる」

翔太《しょうた》くんが、はあっと、ため息《いき》をついた。

「あーのーなー！」

（お、おこられるっ……！）

肩《かた》をすくめて、ぎゅっと体《からだ》をかたくした。

（……あれ？　来《こ》ないぞ……？）

おそるおそる、顔《かお》をあげる。翔太《しょうた》くんは、しかたねえなあ、って顔《かお》で苦笑《くしょう》していた。

「あのな、ゆずが頑張《がんば》ってくれんのは、すげえうれしいよ。でもお前《まえ》さ、自分《じぶん》が女《おんな》だって忘《わす》れんな。なにかあるかもって、ちゃんといつも頭《あたま》に置《お》いとけ」

真剣《しんけん》な顔《かお》で、まっすぐ見《み》つめられる。

……翔太《しょうた》くんは、本気《ほんき》でわたしを心配《しんぱい》して、おこってくれてるんだ。

わたしは、しゅん、と肩《かた》を落《お》とした。

「……だって、わたしも仲間《なかま》だって、胸張《むねは》りたかったんだもん」

翔太《しょうた》くんはきょとんと首《くび》をかしげた。

「どういうことだ？」

わたしは、ふと思《おも》った。

――ああ、今《いま》かも。

ずっと翔《しょう》太《た》くんに、謝《あやま》りそびれていたこと。今《いま》、ちゃんと言《い》うときなんだ。

「あのね、練習《れんしゅう》試合《じあい》のとき、ジャマして本当《ほんとう》にごめんなさい」

翔《しょう》太《た》くんは、ちょっと困《こま》ったように笑《わら》った。

「なんだそんなの。もう気《き》にしてねえよ。女子《じょし》だって応援《おうえん》してくれようとしたんだし、悪《わる》気《ぎ》があったんじゃねえしな。それよか、おれも反省《はんせい》した」

「なんで翔《しょう》太《た》くんが？」

「試合《しあい》前《まえ》に声《こえ》かけられたぐらいで、集中《しゅうちゅう》乱《みだ》して、ひどい試合《しあい》した。前半《ぜんはん》ガタガタで、勝《か》ったからいいようなものの、負《ま》けてたらって思《おも》うとゾっとするよな」

すごくくやしそう。

「ま、そこが今後《こんご》の課題《かだい》ってのがわかったから、よかったよ」

翔《しょう》太《た》くんって、すごいなあと思《おも》う。

失敗《しっぱい》してもつらいことがあっても、それをぜんぶ自分《じぶん》のために役立《やくだ》てようとするんだ。

いつも、全力《ぜんりょく》でぜんぶのことにむきあっている。

だからきっと、この人《ひと》は強《つよ》いんだ。

「──わたしも、そんな翔太《しょうた》くんの仲間《なかま》で、友《とも》だちだって言《い》いたかったんだよ」

レオくんとのことを少《すこ》し話《はな》した。

仲間《なかま》や友《とも》だちって、おたがい尊敬《そんけい》しあえる関係《かんけい》だってこと。

S《エス》クラスのみんなは、いつだって一生懸命《いっしょうけんめい》で全力《ぜんりょく》で。そういうふうに、わたしもなりたいんだってこと。

「なに言《い》ってんだ、おれはゆずだって尊敬《そんけい》してんだぜ」

あたりまえみたいに、翔太《しょうた》くんがそんなことを言《い》う。

「あのカメラアイの力《ちから》、ゆずはあんまり人《ひと》に知《し》られたくないんだよな」

わたしは、思《おも》わずうつむいた。

今《いま》まで、あんまりいい思《おも》い出《で》がないんだもん……。

「だけど、だれかを助《たす》けるときには、ためらわずに使《つか》うだろ。逃《に》げたいことやつらいことにちゃんと立《た》ちむかう力《ちから》が、ゆずにはあると思《おも》う。おれたちは、そういうところを尊敬《そんけい》してる」

「だけど、それは……みんなが、わたしの力《ちから》を必要《ひつよう》だって言《い》ってくれるからだよ」

だから頑張《がんば》れる。

そう言《い》ったら、翔太《しょうた》くんはとびっきりの笑顔《えがお》を見《み》せてくれた。

「おたがいみとめあってるってことだな。だったら、それが友《とも》だちで、仲間《なかま》ってことだろ！」

ぶわって、太陽《たいよう》が輝《かがや》いてるみたいな、笑顔《えがお》。胸《むね》がかあっと熱《あつ》くなる。

翔太《しょうた》くんがニヤっと笑《わら》った。ちょっと悪《わる》い顔《かお》だ。

「ホントはさ、レオたち三人《にん》に、ゆずが無茶《むちゃ》してるから、おこってこいって言《い》われたんだ」

「えっ、そうなの!?」

「だけど、おれはそうやって全力《ぜんりょく》でつっ走《ぱし》ってるゆずが、すっげえいいと思《おも》う」

危《あぶ》ないことはだめだけどな。そう言《い》って、翔太《しょうた》くんはわたしにカバンをかえしてくれた。

「話《はなし》はそれだけ。じゃあおれ、練習《れんしゅう》にもどるな。明《あか》るいうちに、気《き》をつけて帰《かえ》れよ！」

「あ、待《ま》って！」

わたしは翔太《しょうた》くんをひきとめた。先生《せんせい》たちから聞《き》いた話《はなし》を、伝《つた》えなくちゃいけない。

美術商《びじゅつしょう》の男《おとこ》の人《ひと》が怪《あや》しいということ。顔《かお》の特徴《とくちょう》もぜんぶ伝《つた》えた。翔太《しょうた》くんは、ひとつひとうなずきながら聞《き》いてくれた。

「——わかった。レオたちにも伝《つた》えとく」

「うん。……気《き》をつけてね」

本当《ほんとう》はみんなといっしょにレオくんを守《まも》りたい。だけど、S《エス》クラスの練習《れんしゅう》をジャマするわけにはいかないから。

翔太《しょうた》くんたちなら、大丈夫《だいじょうぶ》。

「まかせとけ」

まっすぐな目《め》で、翔太《しょうた》くんが言《い》ってくれた。

じゃあな、と手《て》をふってからすぐ。翔太《しょうた》くんは、ぱっとこっちをふりかえった。

「ゆず！」

「え、なに？」

「——頑張《がんば》ったな！」

SEISEI

夕暮《ゆうぐ》れどき、赤《あか》い光《ひかり》が差《さ》しこんでて、助《たす》かった、と思《おも》った。

きっと、今《いま》わたしの顔《かお》は、真《ま》っ赤《か》だ。

「は、反則《はんそく》だよ、そんなのー……」

太陽《たいよう》みたいな翔太《しょうた》くんの笑顔《えがお》は、いつだってわたしの心《こころ》を、ドキドキさせるんだ。

11 星《ほし》を守《まも》るんだ！

学園祭《がくえんさい》、最終日《さいしゅうび》！

女子《じょし》たちはみんなふわふわ、なにかに浮《う》かれてるように見《み》えた。

それもそう。今日《きょう》の午後《ごご》は、いよいよS《エス》クラスの『ロミオとジュリエット』が開幕《かいまく》する。

わたしは、午前中《ごぜんちゅう》に美化委員《びかいいん》の当番《とうばん》にあたっていた。学校内《がっこうない》をあちこち見《み》まわって、ゴミが落《お》ちてないかとか、ちゃんと分別《ぶんべつ》してるかってことを見《み》るんだ。

S《エス》クラスの様子《ようす》がすごく気《き》になるけど、仕事《しごと》はしっかりしなくちゃいけない。

変《へん》なさわぎにはなってないから、青《あお》い星《ほし》もレオくんも無事《ぶじ》だと思《おも》うんだけど……。

そわそわしながら集《あつ》めたゴミを分別《ぶんべつ》する。これでお仕事終《しごとお》わりっと。そう思《おも》ったとき、後《うし》ろから呼《よ》びかけられた。

「春内《はるうち》、ちょっといいか？」

美術《びじゅつ》の先生《せんせい》だ。

「昨日《きのう》言《い》ってた、美術商《びじゅつしょう》の人《ひと》だけどな。春内《はるうち》さがしてただろ？　なにか用《よう》があるなら、今日学校《きょうがっこう》で見《み》かけたぞ？」

「えっ！」

思《おも》わず大声《おおごえ》をあげた。先生《せんせい》がまゆをひそめる。

「どうした？　さがしてたんじゃないのか？」

「は、はい、さがしてたというか……ありがとうございます！」

「おい！」

わたしは先生《せんせい》の制止《せいし》をふりきって走《はし》りだした。

（やっぱり美術商《びじゅつしょう》の人《ひと》、来《き》てるんだ……！　四人《にん》に伝《つた》えなくちゃ！）

わたしは、委員会《いいんかい》の腕章《わんしょう》をつけたまま講堂《こうどう》に走《はし》った。

でもその講堂《こうどう》のまわりは、すごい人《ひと》だかりだった。

（まだ開演《かいえん》まで、二時間《じかん》もあるのに！）

女子《じょし》はもちろん、男子《だんし》も多《おお》い。S《エス》クラスのアイドル、花丘《はなおか》うららさんのファンだ。

そこに雑誌《ざっし》の記者《きしゃ》やカメラマン。その間《あいだ》を、機材《きざい》を積《つ》んだ台車《だいしゃ》を押《お》しながら、業者《ぎょうしゃ》さんが通《とお》っていった。

これぜったいあの四人《にん》まで、たどりつけないんじゃ……。

（……裏側《うらがわ》にまわってみよう）

そう思《おも》ったんだけど、裏口《うらぐち》にも、女《おんな》の子《こ》たちがつめかけていた。

（あ……ルリちゃんだ）

赤《あか》いタオルを持《も》って、翔太《しょうた》くんを応援《おうえん》してる。

ルリちゃんとは、またいつも通《どお》りの関係《かんけい》にもどっちゃった。

「ねえほら見《み》て。またS《エス》クラスの友《とも》だちだって、ジマンしに来《き》たんじゃない？」

ルリちゃんが腰《こし》に手《て》をあてて、くすっと笑《わら》う。

わたしは一瞬《いっしゅん》ひるんだ。

（またなにか、言《い》われるかも……）

でもすぐに顔《かお》をあげた。このなかにレオくんをねらってる人《ひと》が、いるかもしれないんだ！

「……行《い》かなきゃ」

ぎゅっとこぶしを握《にぎ》りしめる。こわがってる場合《ばあい》じゃない。

それに、わたしには逃《に》げたいこと、つらいことに立《た》ちむかう力《ちから》があるって――翔太《しょうた》くんが言《い》ってくれた。

腕《うで》の腕章《わんしょう》を、ぐいっとひきあげた。

「すみません！　美化委員会《びかいいいんかい》の清掃点検《せいそうてんけん》です！」

これをつけたまま来《き》てラッキーだった。なかに入《はい》る口実《こうじつ》ができた。

「ちょっと、あの子《こ》なに？」

「適当《てきとう》に理由《りゆう》つけて、なかに入《はい》る気《き》じゃない？」

後《うし》ろからいろいろささやかれる。だけど――。

「失礼《しつれい》します！」

それをぜんぶふりきって、講堂《こうどう》のなかにかけこんだ。

（ド、ドキドキした……）

ほっと胸《むね》をなでおろす。

わたしは気《き》を取《と》りなおして、四人《にん》をさがすために講堂《こうどう》の舞台裏《ぶたいうら》を進《すす》みはじめた。

業者《ぎょうしゃ》さんや、S《エス》クラスの人《ひと》たち何人《なんにん》かとすれちがって……。

『控《ひか》え室《しつ》』と書《か》かれたドアのなかに、四人《にん》がいた。

みんな、頭《あたま》をつきあわせて台本《だいほん》を真剣《しんけん》にのぞきこんでいる。最後《さいご》の打《う》ち合《あ》わせかな。

一番初《いちばんはじ》めに、顔《かお》をあげてくれたのは、クロトくん。

「ゆずちゃんだ、どうしたの？」

キヨくんも、台本《だいほん》を開《ひら》きながら、こっちを見《み》てくれた。

「外《そと》は人《ひと》がすごいだろ。よく入《はい》れたな。ああ、美化委員《びかいいん》か」

さすがキヨくん。腕章《わんしょう》をちらっと見《み》ただけで、納得《なっとく》してくれた。

わたしは部屋《へや》のなかをぐるっと見《み》まわした。青《あお》い星《ほし》はすでに衣装《いしょう》に縫《ぬ》いつけられている。

あの真《ま》ん中《なか》の小《ちい》さいのが、本物《ほんもの》のサファイアって思《おも》うと、ドキっとするなあ。

わたしは、急《いそ》いで言《い》った。

「美術《びじゅつ》の先生《せんせい》から聞《き》いたんだ。美術商《びじゅつしょう》の人《ひと》を、朝見《あさみ》かけたんだって」

みんながいっせいにこっちをむいた。キヨくんがみんなを順番《じゅんばん》に見《み》た。

「よし、昨日《きのう》ゆずが聞《き》いてきた顔《かお》の男《おとこ》に注意《ちゅうい》だ。特《とく》にレオ。舞台《ぶたい》の上《うえ》で仕掛《しか》けてくることはないと思《おも》うけど……なにが起《お》こるかわからない。気《き》をつけろ」

「ああ。ゆず、知《し》らせてくれてありがとうな」

レオくんがそう言《い》ってくれた。

わたしは、みんなの目《め》を、ちゃんと見《み》て言《い》った。

「それから、昨日《きのう》ひとりで、つっ走《ぱし》ってごめんなさい。でも、わたしも頑張《がんば》りたかったの！」

一瞬《いっしゅん》みんなきょとんとして。

そして、翔太《しょうた》くんが一番初《いちばんはじ》めに、ぱっと笑《わら》ってくれた。

「よし、よく言《い》った！」

(わっ！)

翔太《しょうた》くんがそう言《い》ってくれると、やっぱりすごくうれしい！

「なあゆずは、客席《きゃくせき》にいるんだろ？」

翔太《しょうた》くんにそう聞《き》かれて、わたしはううん、と悩《なや》んでいた。

今《いま》から行《い》っても、席《せき》が取《と》れるかなあ。でも、みんなの舞台《ぶたい》はやっぱり観《み》たい。

立《た》ち見《み》なら入《はい》れるかなあ、なんて思《おも》っていた。

――そのとき。

ジリリリリリリ!!

(なに⁉)

これ、警報機《けいほうき》⁉　火事《かじ》のときになるやつじゃない⁉

どこかで、声《こえ》が聞《き》こえる。

「避難《ひなん》しろ！」

「火事《かじ》だ！」

最初《さいしょ》に動《うご》いたのは、翔太《しょうた》くんだった。わたしの腕《うで》をひっつかむ。

「逃《に》げるぞ！」

ドアをあけて廊下《ろうか》に飛《と》びだす。腕章《わんしょう》をつけた業者《ぎょうしゃ》さんが飛《と》びこんできた。たぶん、一番《いちばん》近《ちか》くにいたんだろう。

「火事《かじ》だ！　舞台《ぶたい》が燃《も》えてる！　早《はや》く逃《に》げるんだ、荷物《にもつ》は持《も》たないで、ジャマになる！」

衣装《いしょう》を持《も》っていこうとしたレオくんを、業者《ぎょうしゃ》さんが外《そと》に追《お》いたてた。

「星《ほし》が！」

レオくんが叫《さけ》んでもどろうとするけれど、キヨくんがその腕《うで》をつかんだ。

「だめだ、逃《に》げるぞ！」

「……わかった」

レオくんは、つらそうにそう言《い》った。

S《エス》クラスの人《ひと》や、先生《せんせい》たちがみんな走《はし》っていく。

翔太《しょうた》くんにひっぱられるまま、裏口《うらぐち》のドアのそばまで来《き》て。

(——あれ……？)

わたしは、立《た》ちどまった。腕《うで》をつかんでいた翔太《しょうた》くんが、ふりかえる。

「なにしてる、行《い》くぞ！」

「……待《ま》って」

わたしは翔太《しょうた》くんをひきとめた。

息《いき》を整《ととの》えて、目《め》を閉《と》じる。

思《おも》いだしたいことに集中《しゅうちゅう》して――カメラアイが発動《はつどう》する！


キュイイイイン！！！


ぜったいに、見《み》てるはず。

どこ……。どこで見《み》たの⁉

そして、吹《ふ》きあがる記憶《きおく》のなかから……。


「見《み》つけた」

翔太《しょうた》くんの腕《うで》を、つかんだ。

「さっきの業者《ぎょうしゃ》の人《ひと》、昨日《きのう》とつけてる腕章《わんしょう》がちがう」

「は⁉　今《いま》そんなこと言《い》ってる場合《ばあい》か？」

「一昨日《おととい》も！　昨日《きのう》は報道《ほうどう》、一昨日《おととい》はまた機材《きざい》の腕章《わんしょう》だった。おかしいよ！」

キヨくんが、わたしに言《い》った。

「本当《ほんとう》か？」

「まちがいないよ。わたし、ぜんぶ覚《おぼ》えてる！」

機材《きざい》の業者《ぎょうしゃ》さんと報道《ほうどう》の人《ひと》が、三日間《みっかかん》でくるくる入《い》れかわるはずない！

考《かんが》えられるのは……。

キヨくんが早口《はやくち》で言《い》った。

「ニセモノだってことだ。業者《ぎょうしゃ》や報道《ほうどう》のふりをして、学校内《がっこうない》に入《はい》りこんでた」

レオくんが、はっと顔《かお》をあげる。

「この警報《けいほう》も偽《にせ》のベルか！」

今《いま》、衣装《いしょう》は控《ひか》え室《しつ》に置《お》きっぱなし。もちろん縫《ぬ》いつけられたままの、青《あお》い星《ほし》も……！

狭《せま》い廊下《ろうか》で、わたしたちは身《み》をひるがえした。

急《いそ》がなくちゃ！

走《はし》るってなると、翔太《しょうた》くんが一番速《いちばんはや》い。

まるで風《かぜ》みたいに廊下《ろうか》を走《はし》りぬけた。

最初《さいしょ》にたどりついて、控《ひか》え室《しつ》のドアを、バンっとあけた。

そこには、ハンガーにかかったロミオの衣装《いしょう》。

「青《あお》い星《ほし》がない」

レオくんが言《い》った。

衣装《いしょう》の胸《むね》は、ひきちぎられたみたいになってる。

星《ほし》はどこにもない！

クロトくんが叫《さけ》んだ。

「ベルがなってから、そんなにたってない。まだ近《ちか》くにいるんじゃないかな」

翔太《しょうた》くんが身《み》をひるがえした。

「おれ、さがしてくる！」

レオくんが、ひきとめるように叫《さけ》んだ。

「待《ま》て、おかしい！」

衣装《いしょう》がかかっているハンガーを、指《ゆび》さす。

「衣装《いしょう》が増《ふ》えてる」

キヨくんがまゆをひそめた。

「減《へ》ってるならともかく、増《ふ》えてる？」

クロトくんが衣装《いしょう》にかけ寄《よ》った。

「レオの言《い》う通《とお》りだよ。キヨの神父《しんぷ》の衣装《いしょう》と、ぼくのマキューシオの衣装《いしょう》。両方《りょうほう》とも、ロッカーに入《い》れておいたはずなんだ」

どうして増《ふ》えてるんだろう。わたしがぎゅっとまゆをひそめていると。

翔太《しょうた》くんたちは、顔《かお》を見《み》あわせていた。

翔太《しょうた》くんが、わたしをぐいっとさがるように押《お》してきた。

「……ゆず、さがってろ」

「え、どうして……」

「ロッカーのなかの衣装《いしょう》が外《そと》にでてる。だったら、あいたロッカーに人《ひと》が入《はい》ってるってことだろ」

翔太《しょうた》くんが、思《おも》いきり息《いき》をすいこんだ。

「でてこい！！！」


ビリビリつま先《さき》までひびくような、翔太《しょうた》くんのおこり声《ごえ》。

「そこにいるのはわかってンだよ！　今《いま》すぐでてこい！」

ガタっ!!

ロッカーが動《うご》いたっ！　だれかいるっ！

レオくんとキヨくんが、ロッカーにかけ寄《よ》った。

おたがい目配《めくば》せしてる。

レオくんが言《い》った。

「翔太《しょうた》、おれたちがあける！」

「わかった、気《き》をつけろ。ゆず、クロト、ドア閉《し》めろ！」

「うん！」

クロトくんが、ドアをバンっと閉《し》めて鍵《かぎ》をかけた。

わたしも、しっかりと背中《せなか》をドアにつける。

ここから、逃《に》がさないように！

それを見《み》るが早《はや》いか、キヨくんとレオくんは、ふたりでロッカーを思《おも》いきりひきあけた！

ガタガタっ！

すごい音《おと》をならして、男《おとこ》の人《ひと》がロッカーから飛《と》びだしてきた。

こっちのドアめがけて、走《はし》ってくる！

こわくて、目《め》をつぶってしまいたかったけど……。

わたしは、その男《おとこ》をしっかりにらみつけた。

万《まん》が一《いち》逃《に》がしたって、顔《かお》さえ見《み》ていれば、ぜったい捕《つか》まえられる！

そういう気持《きも》ちで！

男《おとこ》が、一瞬《いっしゅん》ひるんだすきに——


「**星《ほし》をかえせぇぇぇぇぇ！**」

翔太《しょうた》くんが、男《おとこ》に飛《と》びかかった！

床《ゆか》にひきずりたおして、上《うえ》に乗《の》りかかる。

「今《いま》だ、全員《ぜんいん》で押《お》さえろ！」

翔太《しょうた》くんの号令《ごうれい》がかかって――

わたしたちは、全員《ぜんいん》で飛《と》びのった！

「ぐえっ！」

蛙《かえる》がつぶれたみたいな声《こえ》……

さ、さすがに中学生《ちゅうがくせい》五人《にん》は、重《おも》たかったのかも……。

クロトくんがすばやく立《た》ちあがった。

「先生《せんせい》たちを呼《よ》んでくるよ。ベルも止《と》めなきゃね」

男《おとこ》の手《て》には、青《あお》い星《ほし》が握《にぎ》られていた。翔太《しょうた》くんが、それをしっかりと取《と》りかえす。

そして、レオくんにわたした。

「……よかった」

そのとき、レオくんは本当《ほんとう》にうれしそうに笑《わら》ったんだ。

12 本当《ほんとう》の、友《とも》だち……！

犯人《はんにん》は、やっぱり美術商《びじゅつしょう》の人《ひと》だった。

先生《せんせい》たちが来《き》て、男《おとこ》は職員室《しょくいんしつ》につれていかれた。きっとこれから警察《けいさつ》を呼《よ》ぶんだと思《おも》う。

わたしたちは、先生《せんせい》から「話《はなし》を聞《き》きたい」と言《い》われたけど、しばらくあとで、ということになった。

だって、S《エス》クラスの劇《げき》は開演《かいえん》が迫《せま》っていたから。

先生《せんせい》たちのなかで、こんな事件《じけん》のあとに劇《げき》をするのかって、反対意見《はんたいいけん》もでたみたい。

だけど、レオくんが言《い》ったんだ。

「学外《がくがい》の人《ひと》まで、おれたちの劇《げき》を観《み》に来《き》てくれています。だから、それにこたえたいんです」

レオくんと、翔太《しょうた》くん、キヨくん、クロトくん。

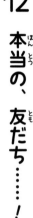

Ｓ《エス》クラスの四人《にん》に、しっかりと頭《あたま》をさげられちゃったら……
先生《せんせい》だって、断《ことわ》れないよね。
わたしは、講堂《こうどう》の立《た》ち見席《みせき》のすみっこで、Ｓ《エス》クラスの劇《げき》を観《み》た。
満席《まんせき》なのはもちろん、通路《つうろ》まで立《た》ち見《み》がぎっしりだったんだよ！
Ｓ《エス》クラスの四人《にん》が衣装《いしょう》をつけてでてきたのを見《み》て、歓声《かんせい》があがった！
まずはクロトくん。
まわりの女子《じょし》からの声《こえ》が、一際《ひときわ》甘《あま》くなる。
「本当《ほんとう》に王子様《おうじさま》みたい！」
「カッコいい！」
クロトくんは、いつもの長《なが》めの黒髪《くろかみ》を後《うし》ろでひとつに束《たば》ねていた。
貴族《きぞく》の服《ふく》っていうのかな。少《すこ》し豪華《ごうか》な衣装《いしょう》が、さらに王子様《おうじさま》っぽい。
クロトくんが描《か》いたっていう、邸《やしき》の背景《はいけい》もすごいんだよ！
ステンドグラスの光《ひかり》を受《う》けて、まるで本当《ほんとう》に太陽《たいよう》の光《ひかり》があたってるようだった。
ここまで計算《けいさん》してたんだ……。

それから、神父役《しんぷやく》のキヨくん。

「……きれいだよねえ……」

って、ほかの子《こ》が言《い》ってるんだけど、その通《とお》り！

神父様《しんぷさま》の黒《くろ》い服《ふく》と、銀色《ぎんいろ》の十字架《じゅうじか》が、すごく神々《こうごう》しかった。

そして……。

講堂中《こうどうじゅう》がザワついた。

「笑《わら》った……！」

ジュリエットを見《み》て、ほんの少《すこ》し。演技《えんぎ》だけど、キヨくんが笑《わら》ったんだ。

笑《わら》わない【孤高《ここう》の天才《てんさい》】だもんね。

キヨくんファンの子《こ》が、泣《な》いてよろこんでた。

（……次《つぎ》、翔太《しょうた》くんの出番《でばん》だ！）

敵役《かたきやく》の翔太《しょうた》くんは、前髪《まえかみ》をガッてかきあげる、オールバック、っていうんだよね。いつもよりずっと大人《おとな》っぽく見《み》える。

腰《こし》に剣《けん》をぶらさげて、ちょっと着崩《きくず》した貴族《きぞく》の服《ふく》。

このお話《はなし》のなかでは、ジュリエットの従兄《いとこ》で、ロミオのライバル役《やく》。

ちょっと悪役《あくやく》っぽいんだけど、ニヤっと悪《わる》い感《かん》じに笑《わら》う顔《かお》もすっごくカッコいい……。

そして、歓声《かんせい》が一番《いちばん》あがったのは、やっぱりレオくんだった。

きゃぁあああ！

女《おんな》の子《こ》たちが、歓声《かんせい》をあげる。

白《しろ》を基調《きちょう》とした衣装《いしょう》で、胸《むね》には青《あお》い星《ほし》。

片側《かたがわ》だけかきあげて、ピンでとめるアシンメトリーの髪《かみ》。

主役《しゅやく》のオーラがすごい……。

立《た》ち方《かた》、セリフまわし……そして、甘《あま》い流《なが》し目《め》。

きっとまた、レオくんファンの女子《じょし》が増《ふ》えちゃうなあ……。

美《うつく》しいドレスを着《き》た、花丘《はなおか》うららさんと、圧巻《あっかん》（とんでもなくすごいってこと）の演技《えんぎ》を見《み》せた！

最後《さいご》、ジュリエットが死《し》んだと思《おも》って、自分《じぶん》もあとを追《お》っちゃうシーンなんて……。

気《き》がついたらぼろぼろって泣《な》いてた。

そして、S《エス》クラスの劇《げき》はもちろん大成功《だいせいこう》で終《お》わったのだった。

――あのとき、青《あお》い星《ほし》に誓《ちか》った通《とお》りに。


――……一週間後《いっしゅうかんご》。

「――やっぱり、舞台《ぶたい》の上《うえ》ではおれの勝《か》ちだったよ」

晴《は》れた空《そら》の下《した》、グラウンドのフェンスのそばで、レオくんは腕《うで》を組《く》んでいた。

それは、ちょっとくやしそうに見《み》える。

「グラウンドでは、あいつにかなわないけどさ」

今《いま》、サッカー部《ぶ》の試合《しあい》の真《ま》っ最中《さいちゅう》なの。

グラウンドでは、翔太《しょうた》くんが赤《あか》いユニフォームで試合《しあい》をしてる！

今日《きょう》は、わたし、ひとりで応援《おうえん》に来《き》たんだ。

もうグラウンドのフェンスには、ぎっしりと女《おんな》の子《こ》がつめかけている。

よく見《み》ると、ルリちゃんたち青星《せいせい》の女子《じょし》は、前《まえ》。他校《たこう》の女子《じょし》はちょっと後《うし》ろっていう、暗黙《あんもく》のルールができてるっぽい……。

あれにまざるの、やっぱりこわいなあ……。

後《うし》ろでひっそり応援《おうえん》してたら、レオくんとキヨくん、クロトくんに会《あ》った。

キヨくんが教《おし》えてくれた。

「レオをねらってた犯人《はんにん》の美術商《びじゅつしょう》のこと、ちょっと聞《き》いてきた」

なんと十年前《ねんまえ》、コウセイ・ホシノに、あの星《ほし》に使《つか》われたサファイアを売《う》った人《ひと》だったんだって。たまたま見《み》かけたフリーペーパーで、十年前《ねんまえ》に売《う》ったはずのサファイアのブローチが、中学生《ちゅうがくせい》の劇《げき》で使《つか》われることになって、おどろいたみたい。

だけど、どうもサファイアだってことはみんな気《き》づいてなかった。だから知《し》られる前《まえ》に手《て》に入《い》れたかったんだって。最近《さいきん》、お金《かね》にも困《こま》ってたらしいんだ。

警察《けいさつ》の人《ひと》からは、これが『サファイア』だって知《し》ってたかって、聞《き》かれたんだけど。

わたしたちは、全員《ぜんいん》そろって首《くび》を横《よこ》にふっておいた。知《し》ってて舞台《ぶたい》で使《つか》ったのか、って言《い》われたら大変《たいへん》だもんね。

キヨくんが、あっと叫《さけ》んだ。

「翔太《しょうた》がボールを取《と》った！」

えっ！

じっとグラウンドに目《め》をこらす！

ドリブルで、コートの真《ま》ん中《なか》をきりさくようにかけていく翔太《しょうた》くん……。

それは、まるで本当《ほんとう》に【赤《あか》い弾丸《だんがん》】みたいだった。

だけど、相手《あいて》の選手《せんしゅ》だって、マークしてる！

「あっ、翔太《しょうた》くんがっ！」

タックルされて、芝生《しばふ》の上《うえ》を派手《はで》に転《ころ》がった！

ホイッスルはならない！

すごくくやしそうな顔《かお》……っ！

女子《じょし》たちが、大《おお》きな声《こえ》で応援《おうえん》してる！

ルリちゃんは一番前《いちばんまえ》で、タオルをふりながら手《て》をふっていた。

……わたし、今《いま》までなら、きっと心《こころ》のなかだけで応援《おうえん》してた。

だって、「翔太《しょうた》くん！」なんて言《い》ったら、またすぐに、ルリちゃんににらまれちゃうから。

でも、今《いま》はちがうよ。

本当《ほんとう》に頑張《がんば》ってるときに、ちゃんと応援《おうえん》したり、手《て》を差《さ》し伸《の》べたりするのが、友《とも》だちだってわかったもん。

大《おお》きく息《いき》をすいこんだ。

「――翔太《しょうた》くん、頑張《がんば》れー！！！」

そのとたん、ルリちゃんが、ばっとこっちをむいた。

うわっ、すっごいにらまれてる……っ！

こわいけど……ま、負《ま》けないもんね！

「た、立《た》てー！　走《はし》れー！」

そしたら、翔太《しょうた》くんがこっちを見《み》た気《き》がした。

気《き》のせいだったかもしれない。

だけど、次《つぎ》の瞬間《しゅんかん》、立《た》ちあがった翔太《しょうた》くんは、風《かぜ》をきって走《はし》りはじめた。

相手《あいて》のボールを足先《あしさき》ですくいあげるようにうばって……そして、ゴールまで一直線《いっちょくせん》！

するどいシュート！

ボールは、ゴールにつきささる！

「やったー!!」

わたしたちは、レオくんやクロトくん、キヨくんと、わあっと盛《も》りあがった。

グラウンドでは、翔太《しょうた》くんのまわりに、チームの仲間《なかま》たちがかけ寄《よ》っている。仲間《なかま》たちとハイタッチを交《か》わして、すっごくうれしそうに笑《わら》ってる。

だけど……

「あ……」

わたしは、かあっと胸《むね》が熱《あつ》くなった。

だって……

翔太《しょうた》くんが、仲間《なかま》たちにもみくちゃにされながら。

たしかにわたしにむかって、笑《わら》ってくれたんだ!

あとがき

こんにちは！　相川真《あいかわしん》です。

『チームEYE《アイ》―S《ズ》』のお話《はなし》も、二冊目《さつめ》をお届《とど》けすることができました。

今回《こんかい》はレオが中心《ちゅうしん》のお話《はなし》です。いかがでしたでしょうか？　いつもちょっと余裕《よゆう》のあるレオが、少《すこ》しちがった一面《いちめん》を見《み》せてくれたなあ、と思《おも》っています。

彼《かれ》も内側《うちがわ》は、すごく熱《あつ》いひとなのです！

翔太《しょうた》やキヨやクロトの新《あたら》しい一面《いちめん》も書《か》くことができて、すごくすごく楽《たの》しかったです！

それもこれも読《よ》んでくださっているみんなが、応援《おうえん》してくれたおかげです。

『EYE《アイ》―S《ズ》』一巻《かん》のときに、たくさんお手紙《てがみ》をいただきました。ありがとうございます！

みんな「ゆずや四人《にん》のイケメンたちが大好《だいす》きです！」って言《い》ってくれています。それから「わたしはこれを頑張《がんば》っています」とか「こんなことを始《はじ》めました」なんていう、イケメンエピソードもいっぱいいただきました。そして「続《つづ》きが読《よ》みたい」とたくさんのひとが言《い》ってくれました。すごくうれしいです、ありがとうございます！

また頑張《がんば》っていることや、好《す》きなキャラクターなどを、ぜひ教《おし》えてください。ゆっくりですが、ちゃんとお返事《へんじ》をします。お手紙《てがみ》や感想《かんそう》はとてもうれしくて、すごく元気《げんき》になります。

そして、アイズにステキなイラストをつけてくださった、イラスト担当《たんとう》の立樹《たちき》先生《せんせい》。本当《ほんとう》にありがとうございます！

またみんなに新《あたら》しいお話《はなし》を届《とど》けられるよう、わたしもアイズに負《ま》けないように、毎日《まいにち》一生懸命《いっしょうけんめい》頑張《がんば》ります！

相川《あいかわ》　真《しん》

※相川真先生《あいかわしんせんせい》へのお手紙《てがみ》はこちらに送《おく》ってください。

〒101－8050　東京都千代田区一ツ橋《とうきょうとちよだくひとつばし》2－5－10

集英社《しゅうえいしゃ》みらい文庫編集部《ぶんこへんしゅうぶ》　相川真先生係《あいかわしんせんせいがかり》

あとがき
『チームEYE-S《アイズ》』2巻《かん》!!!
クロトくんのカバンが
実《じつ》はお菓子《かし》まみれだった(!)のが
すごくかわいくてツボでした…♡
本文《ほんぶん》イラストでは
描《か》けなかったので、
あとがきで
ロミオとジュリエットのシーンを
描《か》くのが楽《たの》しかったです♡
イラスト担当《たんとう》させていただきました!
立樹《たちき》まや
SEISEI

集英社みらい文庫

青星学園《せいせいがくえん》★チームEYE《アイ》-S《ズ》の事件《じけん》ノート

～ロミオと青《あお》い星《ほし》のひみつ～

相川《あいかわ》 真《しん》 作

立樹《たちき》まや 絵

ファンレターのあて先
〒101-8050 東京都千代田区一ツ橋2-5-10 集英社みらい文庫編集部
いただいたお便りは編集部から先生におわたしいたします。

2018年5月29日 第1刷発行
2021年6月7日 第7刷発行

発行者 北畠輝幸
発行所 株式会社 集英社
〒101-8050 東京都千代田区一ツ橋2-5-10
電話 編集部 03-3230-6246
読者係 03-3230-6080
販売部 03-3230-6393(書店専用)
http://miraibunko.jp
装丁 +++ 野田由美子 中島由佳理
印刷 大日本印刷株式会社 凸版印刷株式会社
製本 大日本印刷株式会社

★この作品はフィクションです。実在の人物・団体・事件などにはいっさい関係ありません。

ISBN978-4-08-321437-0 C8293 N.D.C.913 182P 18cm

青《せい》星《せい》学《がく》園《えん》★
チームEYE-S《アイズ》の
事件ノート
シリーズ
相川《あいかわ》 真《しん》・作《さく》
立樹《たちき》まや・絵《え》
セレブ学園《がくえん》
なぞとき❤
ラブコメ！
4人《にん》のキラキラな男《おとこ》の子《こ》たちと
事件《じけん》に巻《ま》きこまれて!?
S《エス》クラス
クリアハート
しおりつき！
第《だい》11弾《だん》にはレオの
しおりがつくよ♪
※なくなり次第、
終了になります。
4巻連続特典《かんれんぞくとくてん》
第《だい》8～11弾《だん》
Leo

海色《うみいろ》ダイアリー
シリーズ
みゆ・作《さく》
加々見絵里《かがみえり》・絵《え》
初恋《はつこい》×5!?
海《うみ》のそばの
胸《むね》キュン♥
ストーリー
となりに五つ子《いつご》アイドルが越《こ》してきた!?
これって、恋《こい》かな!???

あさつじみか 作 榎《えのき》のと 絵
きみとチェンジ!?

立《たち》花《ばな》くんと入《い》れかわっちゃった…!

「わたしたち…」

「おれたち…」

「入《い》れかわってる…!」

6/25金《きん》
発《はつ》売《ばい》予《よ》定《てい》!!

小木《おぎ》あかり

中《ちゅう》1。不器用《ぶきよう》で自慢《じまん》できる特技《とくぎ》がない。はじめてがんばりたいと思《おも》えたのが、ボランティアだった。

立花《たちばな》 翔《しょう》

あかりのクラスメイト。クール系男子《けいだんし》で女子《じょし》に人気《にんき》だが、そっけない。実《じつ》はバスケが得意《とくい》。

胸《むね》キュンコメディ

おたがい秘密《ひみつ》がバレてピンチ!!

ある日《ひ》、中《ちゅう》1のあかりは、立花《たちばな》くんとぶつかり、

体《からだ》が入《い》れかわってしまう!

転校《てんこう》してきたばかりで、ボランティア部《ぶ》(通称《つうしょう》・ヒマ部《ぶ》)で

やりたいことを隠《かく》していたあかり。

でも、入《い》れかわったことで、**事件《じけん》**が!

立花《たちばな》くんの秘密《ひみつ》も知《し》ってしまい…!?

学《がっ》校《こう》じゃない

“クロ”と“シロ”ふたつの学校《がっこう》が合併《がっぺい》して誕生《たんじょう》した銀灰小《ぎんかいしょう》で、生徒会長選挙《せいとかいちょうせんきょ》が行《おこな》われる！　次期生徒会長《じきせいとかいちょう》のいすはひとつ。選挙《せんきょ》は、元《もと》クロのミカドと元《もと》シロのジュリの一騎打《いっきう》ちに!!　友《とも》だちゼロのミカドは圧倒的不利《あっとうてきふり》!!!　そこで文化部《ぶんか ぶ》の最強助《さいきょうすけ》っ人《と》・ハルトをブレーンにスカウトしようとして…!?　下剋上《げこくじょう》！選挙《せんきょ》コメディ★

楽《たの》しくなければ
その公約《マニフェスト》をかかげ、
俺《おれ》はこの学校《がっこう》の
生徒会長《イチバン》になる。
そして…!?
シロVSクロ総選挙《そうせんきょ》!!
友《とも》だちのいないオレが生《せい》徒《と》会《かい》長《ちょう》になるまで
相羽 鈴 作
冬木 絵
会長
会長
清き
投票箱
2021年《ねん》
6/25金《きん》
発売《はつばい》!!
てっぺん!
シロVSクロ総選挙《そうせんきょ》!!
友《とも》だちのいないオレが生徒《せいと》会長《かいちょう》になるまで
相羽《あいば》 鈴《りん》 作《さく》 冬木《ふゆき》 絵《え》

「みらい文庫《ぶんこ》」読者《どくしゃ》のみなさんへ

言葉《ことば》を学《まな》ぶ、感性《かんせい》を磨《みが》く、創造力《そうぞうりょく》を育《はぐく》む……、読書《どくしょ》は「人間力《にんげんりょく》」を高《たか》めるために欠《か》かせません。
たった一枚《いちまい》のページをめくる向《む》こう側《がわ》に、未知《みち》の世界《せかい》、ドキドキのみらいが無限《むげん》に広《ひろ》がっている。
これこそが「本《ほん》」だけが持《も》っているパワーです。

学校《がっこう》の朝《あさ》の読書《どくしょ》に、休《やす》み時間《じかん》に、放課後《ほうかご》に……。いつでも、どこでも、すぐに続《つづ》きを読《よ》みたくなるような、魅力《みりょく》に溢《あふ》れる本《ほん》をたくさん揃《そろ》えていきたい。読書《どくしょ》がくれる、心《こころ》がきらきらしたり胸《むね》がきゅんとする瞬間《しゅんかん》を体験《たいけん》してほしい、楽《たの》しんでほしい。みらいの日本《にほん》、そして世界《せかい》を担《にな》うみなさんが、やがて大人《おとな》になった時《とき》、「読書《どくしょ》の魅力《みりょく》を初《はじ》めて知《し》った本《ほん》」「自分《じぶん》のおこづかいで初《はじ》めて買《か》った一冊《いっさつ》」と思《おも》い出《だ》してくれるような作品《さくひん》を一所懸命《いっしょけんめい》、大切《たいせつ》に創《つく》っていきたい。

そんないっぱいの想《おも》いを込《こ》めながら、作家《さっか》の先生方《せんせいがた》と一緒《いっしょ》に、私《わたし》たちは素敵《すてき》な本作《ほんづく》りを続《つづ》けていきます。「みらい文庫《ぶんこ》」は、無限《むげん》の宇宙《うちゅう》に浮《う》かぶ星《ほし》のように、夢《ゆめ》をたたえ輝《かがや》きながら、次々《つぎつぎ》と新《あたら》しく生《う》まれ続《つづ》けます。

本《ほん》を持《も》つ、その手《て》の中《なか》に、ドキドキするみらい――。

本《ほん》の宇宙《うちゅう》から、自分《じぶん》だけの健《すこ》やかな空想力《くうそうりょく》を育《そだ》て、〝みらいの星《ほし》〟をたくさん見《み》つけてください。

そして、大切《たいせつ》なこと、大切《たいせつ》な人《ひと》をきちんと守《まも》る、強《つよ》くて、やさしい大人《おとな》になってくれることを心《こころ》から願《ねが》っています。

2011年《ねん》 春《はる》

集英社《しゅうえいしゃ》みらい文庫編集部《ぶんこへんしゅうぶ》